살아갈 용기에 대하여

| 일러두기 |

1. 이 책은 『나는 달랄이야! 너는?』(2012)의 개정판입니다.
2. 이 이야기들 중 일부는 여행 중 실제로 만난 아이들, 또 그들이 처한 환경을 그대로 살려 재구성하였습니다.

세상의 아이들이
투명하게 알려준 것들

살아갈 용기에 대하여

오소희 글 김효은 그림

북하우스

아농, 통, 바바라, 타이손에게

너희들의 안녕을

매일 기도한단다.

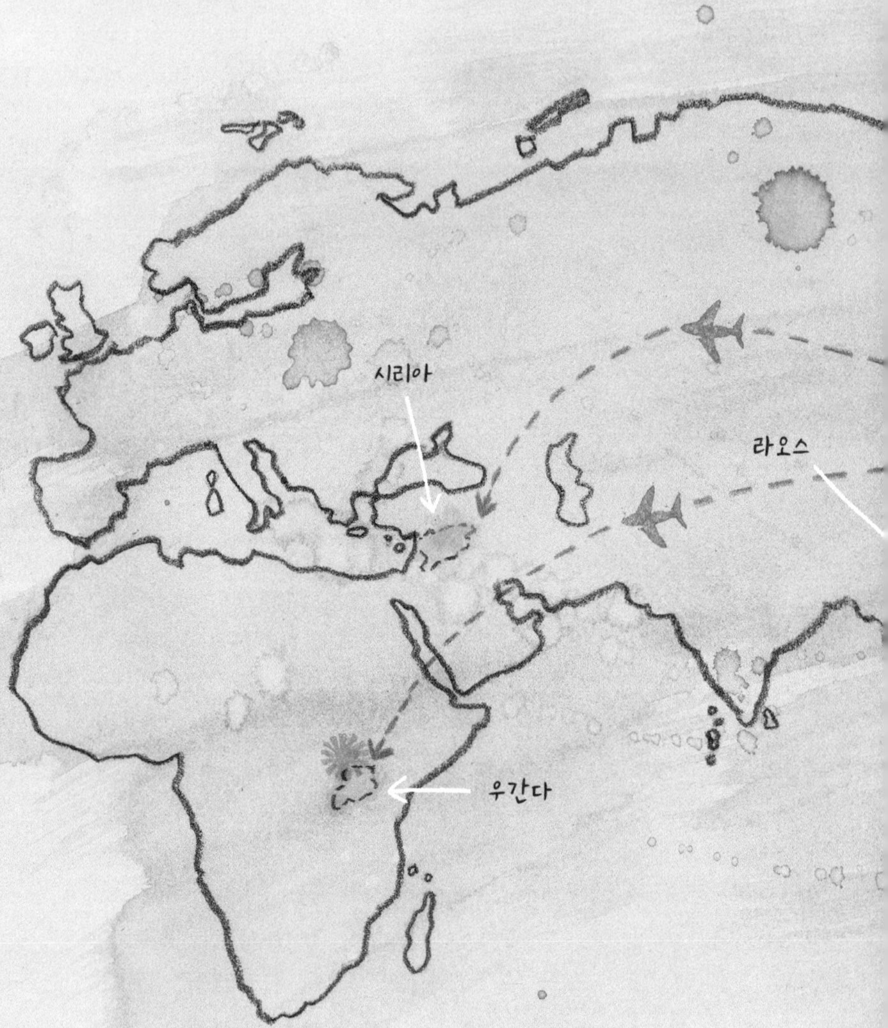
시리아
라오스
우간다

필리핀
아마존

차례

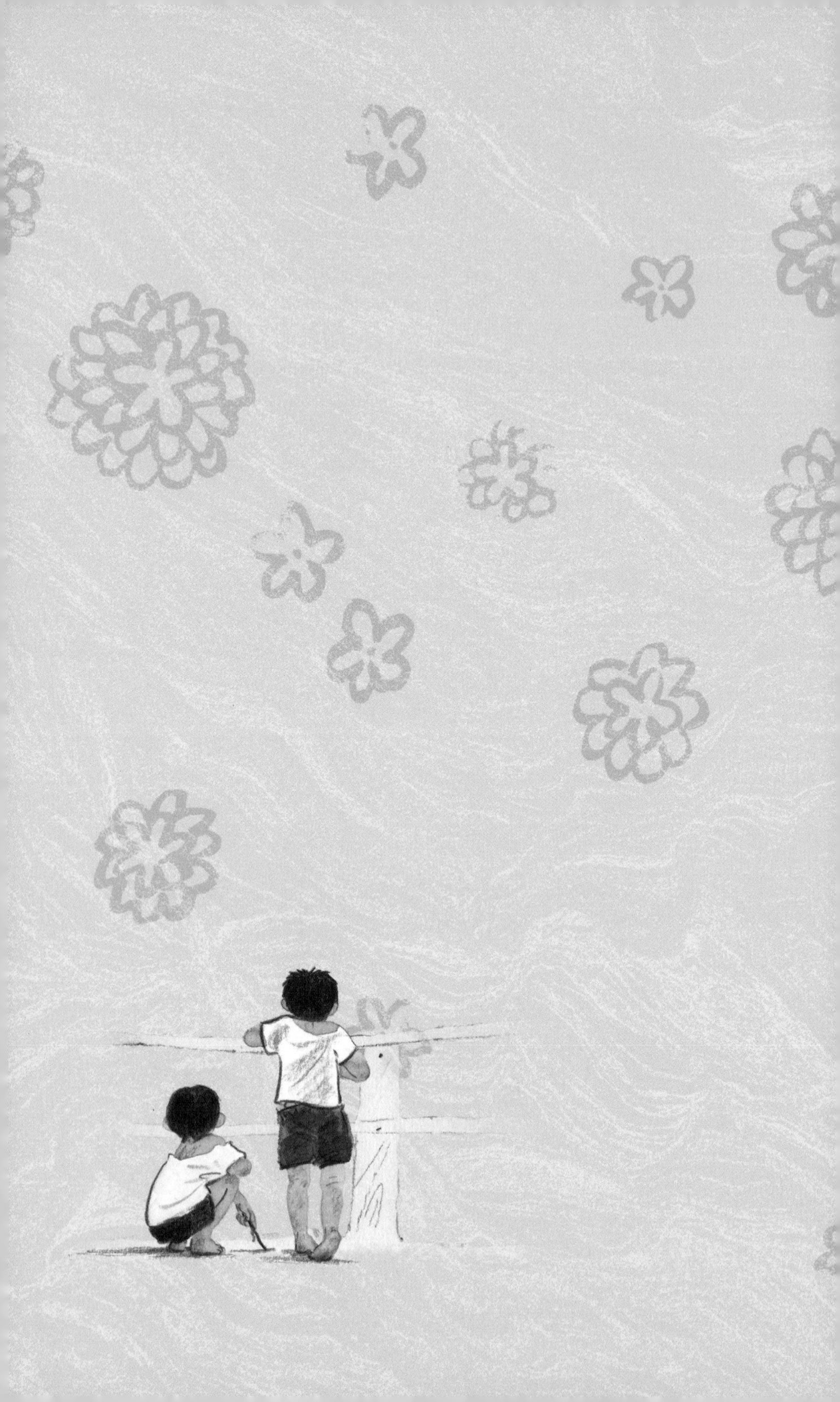

아농과 통

라오스

우리는 종종 무력감을 느낀다.
도저히 어쩔 수 없어 보이는 것들 앞에서.

내가 지닌 것 중 특별한 거라곤 하나도 없어서
내 힘으론 아무것도 해결할 수 없을 것 같다.

그러나 아무리 가진 것이 없어도
마음은 가질 수 있다.
마음속에 간절함은 가질 수 있다.

그러면 놀랍게도,
그 간절함이 세상의 나머지 모든 것들을
우리에게 가져다준다.

축축한 새벽안개가 얼굴을 덮었다.

가늘게 떨면서, 아농은 눈을 떴다.

통은 아직도 잠들어 있었다.

팔짱을 끼고 잠든 모습을 보니 통도 추운 것 같았다.

덮어줄 만한 것을 찾아보았다.

안개에 가려져 아무것도 눈에 띄지 않았다.

아농은 통이 잠들어 있는 정자를 내려와

공원 구석구석을 더듬어 살폈다.

망가진 시소 밑에서 구겨진 종이 상자를 하나 찾아냈다.

작은 상자였지만 뜯어서 펼치니 그럭저럭 쓸 만해 보였다.

아농은 잠든 통의 가슴을 상자로 덮어주었다.

목부터 찢어지기 시작한 통의 셔츠는

어느덧 어깨선을 따라 가슴까지 찢어져 있었다.

왼쪽 젖꼭지가 보이기 직전이어서,

통은 언제나 습관적으로 셔츠를 붙잡고 놀았다.

곧 우기가 닥쳐올 모양이었다.

아농은 달력을 보는 법도,

절기를 나누는 법도 배운 적이 없었다.

하지만 바람의 냄새를 맡으면 알 수 있다.

바람에 축축한 나뭇잎 냄새가 스며들면

우기가 온다는 표시였다.

아농은 학교에 갈 수 없는 대신

언제나 자연으로부터 많은 것을 배웠다.

우기가 되면 비가 내리고 또 내릴 것이다.

아주 잠깐씩만 그쳤다가,

다시 내리기를 반복할 것이다.

비가 내리는 동안

통과 아농은 공원의 바로 이 정자에서

하루의 대부분을 보낼 것이다.

라오스의 남부 도시 팍세에 있는 이 작은 공원에서

비를 피할 수 있는 데라곤 이 정자뿐이기 때문이다.

통이 눈을 떴다.

가슴팍을 덮은 종이 상자를 보더니,

아농에게 씨익 고마운 미소를 짓는다.

아농은 말없이 고개를 끄덕했다.

둘은 정자에 나란히 앉아 안개가 걷힐 때를 기다렸다.

곧 스님들이 아침 탁발을 마치고
길 건너 사원으로 돌아올 시간이었다.
이른 아침마다 스님들이
한 줄로 나란히 걸으며 탁발에 나서면,
사람들이 거리로 나와 준비한 공양물을 스님들께 바친다.
과일 가게 주인은 과일을, 식당 주인은 밥을,
정육점 주인은 고기를 바친다.
그러면 스님들은 목탁을 두드리며
그들에게 복된 하루를 축원한다.
이제 사원으로 돌아온 스님들이
공양물로 아침 식사를 마치면,
통과 아농은 남은 것을 먹으러 사원으로 갈 것이다.

안개가 옅어진다 싶더니,
빗자루로 쓸어버린 듯 한꺼번에 사라졌다.
동시에 태양이 화살처럼 튼튼한 볕을 내리쏘기 시작했다.
나무마다 가득한 초록 잎사귀들이
소리 없이 환호하며 광합성을 시작했다.
새들도 힘차게 노래하기 시작했다.
통과 아농은 누가 먼저랄 것도 없이

정자에서 내려와 볕을 쪼였다.
눅눅했던 옷이 조금씩 말랐다.
식어 있던 몸도 금방 따뜻해졌다.
기분이 좋아졌다.
둘은 곧장 사원으로 향했다.

스님들은 아름다운 오렌지색 승복을
단정하게 차려입고 휴식 중이었다.
통과 아농은 사원 한쪽에 있는 수도에서 세수를 했다.
팔다리까지 깨끗이 닦고
머리에도 물을 묻혀 손가락 빗질을 했다.
집도 부모도 없는 아이들이라고 무시당하지 않으려면
항상 단정하고 깨끗해야 한다고 일러준 것은
예비 스님 파였다.
파가 사원 돌계단에 앉아 책을 읽다가
두 아이를 알아보고 손짓으로 불렀다.

"뭔지 맞혀봐.
오늘 아침 공양물 중에 아주 특별한 것이 있었거든."

파의 얼굴엔 흥미로운 미소가 가득했다.
통과 아농은 서로 마주 보며
'뭘까?' 하는 표정을 지었다.

사실 아농에게 통을 데려온 것도 예비 스님 파였다.
재작년, 그러니까 아농이 아직 열 살이고 통이 여덟 살일 때,
파가 통의 손을 잡고 길을 건너 공원으로 왔던 것이다.

"너희 둘, 좋은 친구가 될 것 같지 않니?"

통과 아농은 쑥스러워서 얼굴도 제대로 쳐다보지 못했다.
파가 부처님 같은 미소를 지으며 말했다.

"한번 잘 지내봐."

그게 첫 만남의 전부였다.
하지만 그것으로 충분했다.
의지할 데 없던 통과 아농은
그날부터 비가 오나 바람이 부나
형제처럼 붙어 지냈다.

“뭔지 맞혀보라니까.
자, 스무고개야.”

통이 먼저 물었다.

“살았나요, 죽었나요?”

“죽어야 먹기 편하지 않겠니?”

아농이 말했다.

“아하, 음식이구나!”

파가 고개를 끄덕했다.
통이 물었다.

“달콤한가요?”

파가 당황한 표정을 지었다.

"엇, 이렇게 빨리 맞히면 곤란한데?
맞아, 아주 달콤해."

"설탕?"

"아니. 그보다 더 특별한 건데?"

"사탕?"

"더 특별한데?"

통의 눈이 휘둥그레졌다.

"사탕보다 더 특별한 것도 있어요?"

파가 의기양양하게 손을 내밀었다.
작고 새까만 덩어리 두 개가 비닐에 싸여 있었다.
통이 의아한 얼굴로 물었다.

"시커멓네. 이게 뭐예요?"

"먹어봐. 초콜릿이란 거야.
나도 딱 한 번 먹어본 적이 있어.
부모님께서 나를 사원에 보낼 때 사주셨지.
예비 승려 생활을 잘 견뎌내고
열심히 공부해서 반드시 훌륭한 승려가 되라고."

파의 얼굴에 진한 그리움이 어렸다.
아농은 파가
고향에 있는 가족을 생각하고 있다는 것을 알아챘다.
아농도 그럴 때가 있었다.
엄마와 아빠를 그리워할 때가.
하지만 너무 어릴 때 돌아가셔서
얼굴조차 잘 기억나지 않았다.
그래서 부모님을 생각할 때마다,
아농은 그저 미소 짓는 부처님 얼굴을 떠올리곤 했다.
파가 금방 그리움을 털어내고
밝은 목소리로 아이들에게 일렀다.

"밥부터 먹고 나서 먹으면 돼.
좋아하게 될 거야."

파는 초콜릿을 아이들 손에 쥐여준 뒤에,
챙겨둔 주먹밥 두 덩이도 건넸다.

“자, 난 이제 공부하러 가야겠다.
다음 주에 법어와 화학 시험이 있거든.
아침 식사 잘해라!”

통과 아농은 정자로 돌아와
순식간에 주먹밥을 해치웠다.
그리고 조심스럽게 초콜릿 껍질을 벗겼다.
통은 잽싸게 초콜릿을 입에 넣었다.
아농은 망설이듯 천천히 입에 넣었다.
초콜릿은 사탕보다
훨씬 빨리 입 안에서 녹았고 이내 사라졌다.
아쉬웠다. 통도 영 아쉬운 모양이었다.
조금 더 맛보고 싶은 얼굴을 하고 아농에게 물었다.

“형, 맛이 어땠어?”

아농은 어떻게 대답해야 할지 몰라 잠시 망설였다.

뭐랄까, 굉장히 설명하기 어려운 맛이었다.

몹시 부드럽고 달콤했는데,

혀끝에 남는 것은 부드러움이나 달콤함이 아니었다.

대신 여러 가지 생각들이었다.

예를 들면, 누가 이런 걸 만들었을까?

누가 이런 걸 매일 먹는 걸까?

세상엔 그런 사람들도 있긴 있는 걸까?

나는 언제 또 이것을 수중에 지니게 될까?

그때 예비 스님 파처럼 '한 번 먹어보았으니….' 하며

나보다 어린 거리의 아이들에게 양보할 수 있을까?

아농은 마지못해 대답했다.

"아파. 혀끝이 아픈 맛이야."

⋮

아침 식사 후,

통과 아농은 공원의 놀이 기구들을 오르내리며 놀았다.

놀이 기구라고 해봐야 시소와 정글짐이 다였다.

그나마 녹슬고 부서져서,

사실 동네 아이들은 거의 놀이 기구를 타고 놀지 않았다.

하지만 통과 아농은
어떻게 하면 부서진 시소를 잘 탈 수 있는지 알고 있었다.
녹슨 정글짐이지만
어느 부분에서 놀면 안전한지도 다 외고 있었다.
바람 빠진 고무공으로 축구를 하기도 했다.
놀 때 시간이 가장 빨리 지나갔다.

교복을 차려입은 아이들이 떼 지어 학교로 향할 때에도,
통과 아농은 그저 그들을 바라볼 뿐이었다.
학교에서 아이들은 글을 배운다고 했다.
책을 읽고 그림도 그린다고 했다.
그걸 생각하면 아농은 초조해졌다.
팍세의 이 공원에서 자신은 어느덧 열두 살이 되었다.
여덟 살짜리 꼬마들도 때로 교과서를 들고 소리 내 읽으며
공원을 가로질러가곤 했다.
어쩌면 어른이 되어도
글을 못 읽을지 모른다고 아농은 생각했다.

'나는 어떤 어른이 될까?
언제까지 이곳에 머물며 동냥 밥으로 살아갈 수 있을까?'

사원이나 근처 식당에서 밥을 주는 건
그들이 아직 어리기 때문이란 걸 아농은 잘 알고 있었다.

⋮

볕이 강하게 내리쪼이는 한낮이나,
우기의 비가 내리는 날이면, 아농은 통과 낮잠을 잤다.
아니면 하릴없이 정자에 앉아 있었다.
느리게, 느리게, 지나가는 시간을 구경하면서.
일 년 사시사철 푸른 나무를 올려다보노라면,
새들이 거기 둥지를 틀고 알을 낳았다.
알은 새끼로 깨어났고 어미가 물어다 주는 먹이를 먹었다.
그러다 날갯짓이 익숙해지면 홀연히 둥지를 떠났다.
새들이 떠날 때마다
통과 아농의 옷은 조금씩 작아지고 낡아갔다.
그것도 아농을 초조하게 하는 것 중의 하나였다.
하지만 사원에 가서 깨끗이 씻는 것 외에
초라한 옷차림에 대해 할 수 있는 것은 별로 없었다.

가끔 사원의 거울에 비친 모습을 볼 때면,
어깨가 제법 넓어지고

가슴팍도 커졌다는 것을 알 수 있었다.
이목구비도 점점 분명해졌다.
아농은 기분이 묘했다. 괜찮은 얼굴 같았다.
그러나 구멍 나고 찢어진 옷차림만큼은
쥐구멍에 숨고 싶을 만큼 부끄러웠다.
그럴 때 아농은 한 번 더 수돗가로 달려가 세수를 했다.
귀와 목까지 깨끗이 씻고,
손가락 끝에 물을 묻혀 머리를 잘 빗어 넘기면
한결 기분이 나아졌다.

"형, 배고파. 밥 얻으러 가자."

통이 아농의 팔을 잡아당기며 말했다.
해시계를 보니 벌써 점심때였다.

"형, 우리 오늘은 사원 옆 식당으로 가자.
거기 안 간 지 오래됐잖아.
오랜만이니까 밥을 줄 거야."

"거긴 안 돼."

"왜?"

"그냥 안 돼."

"형은 왜 맨날 거기가 안 된대?
거기 누나가 제일 밥을 잘 주는데!"

통이 강하게 불만을 표시했다.
아농은 속으로 중얼거렸다.

'바보, 바로 그 아이 때문에 거기 갈 수가 없는 거야.'

그 소녀가 사원 옆 식당에 온 것은 47일 전이었다.
아농은 그날부터 하루하루 세고 있었기 때문에
정확히 기억하고 있다.
소녀는 아농과 비슷한 나이인 것 같았다.
식당 주인을 '삼촌'이라고 불렀다.
'삼촌'은 소녀를 '너이'라고 불렀다.
아니, '너잇!!' 하고 불렀다.
소녀를 부를 때면

무언가에 단단히 골이 난 사람처럼,
언제나 미간에 주름을 잡고서.

대부분의 라오스 소녀들처럼 너이의 머리는 매우 길었다.
허리까지 곧게 뻗은 검고 윤기 나는 생머리였다.
착해 보이는 눈을 지녔다.
발간 입술엔 반쯤 미소가 어려 있었다.
손님들이 많은 시간이면 음식을 나르며
어깨 앞쪽으로 흘러내린 머리카락을 뒤로 쓸어 넘기곤 했다.
언젠가 아농이 통과 축구를 하다
식당 쪽으로 날아간 공을 잡으러 간 적이 있었다.
너이가 고무공을 주워 아농에게 건네주었다.
그때에도 앞으로 흐른 머리를 뒤로 쓸어 넘겼는데,
아, 사원의 뒤뜰에 여름마다 피는 난꽃 향기가 났다.

손님들이 사라져 한가한 시간이면,
너이가 가게 앞으로
커다란 고무 통을 들고 나와 설거지를 했다.
설거지 감은 언제나 산더미 같았다.
너이는 설거지할 때 머리를 하나로 묶었다.

그것도 예쁘기는 했다.
설거지를 반쯤 마치면, 너이의 땀 젖은 얼굴에
잔 머리카락이 들러붙어 있곤 했다.
그것이 가려운 듯,
너이는 거품 물이 가득한 고무 통 속에
두 손을 담근 채 팔에 얼굴을 비볐다.
아농은 얼른 다가가 그 머리칼을 떼주고 싶다가도,
그런 생각을 했던 것이 부끄러워
남몰래 얼굴을 붉히곤 했다.

“형이 그 식당에 가기 싫다면
나 혼자라도 가서 밥을 얻어올 테야!”

통이 고집을 꺾지 않았다.

“가지 말라니까! 기다려봐.
내가 다른 곳에서 밥을 얻어올 테니.”

아농은 사원에서
멀찍이 떨어진 가게부터 몇 군데 들렀다.

운이 좋지 않은 날이었다.

오늘따라 아무도 선뜻 밥을 내주지 않았다.

손사래를 쳐 가라는 시늉을 하거나,

텔레비전에만 눈을 박아두며 아농을 못 본 체했다.

아마도 날씨 탓인 것 같았다.

가게와 집들을 전전하는 사이,

쨍쨍 빛나던 하늘이 점차 어두워지기 시작했다.

동쪽에서 검은 구름이 모여들더니 뭉쳐서 단단해졌다.

마른번개가 치고 천둥소리가 잇따랐다.

마지막으로 들른 과일 가게에서는

성질 고약하기로 유명한 주인이

잔뜩 찌푸린 얼굴로 하늘을 올려다보다가,

아농을 향해 다 먹고 난 바나나 껍질을 던졌다.

다시 한번 하늘을 두 쪽으로 가를 듯 번개가 쳤다.

엄청난 천둥소리와 함께 비가 내리기 시작했다.

거리는 삽시간에 흙탕물이 되었다.

아농이 비 피할 곳을 찾고 있을 때,

통이 빗소리보다 크게 고함을 쳤다.

"형, 어서 이리 와! 누나가 밥 준대!"

통은 사원 옆 소녀가 일하는 식당에서
손을 흔들고 있었다.
소녀마저 가게 안쪽에서 어서 오라는 손짓을 했다.

'이런…. 저기서 얻어먹지 말라니까. 두고 보자, 통!'

하는 수 없이 소녀의 가게로 갔다.
아농은 밥 두 덩이만 얻어 나오려 했다.
그런데 소녀가 긴 생머리를
어깨 한쪽으로 늘어뜨리더니
아농에게 다정하게 말했다.

"비도 오니까, 여기서 먹고 가. 마침 삼촌이 외출하셨어."

소녀의 긴 머리에서 풍기는 난꽃 향기가 어지러웠다.
아농이 미처 사양할 새도 없이
소녀가 테이블 위에 접시 두 개를 놓았다.
손님을 대접할 때와 똑같은 하얀 사기 접시였다.

돼지기름에 볶은 야채 밥이 수북하게 담겨 있었다.
매일 주먹밥만 먹던 통의 눈이 휘둥그레지더니,
손으로 허겁지겁 퍼먹기 시작했다.

'아무리 거지라지만,
너이 앞에서 저렇게 거지 표를 내다니!'

아농은 테이블 아래로 통의 정강이를 걷어찼다.
그리고 소녀가 듣지 못하도록 나직하게 윽박질렀다.

"야, 숟가락으로 먹어!"

소녀는 주방 입구에서 그릇을 정리하고 있었다.
소녀에게 다 들리도록, 통이 눈치 없이 대답했다.

"뭐 어때? 우린 맨날 손으로 먹잖아!"

통은 이 세상에 있는 소리라곤 '쩝쩝'뿐인 듯,
요란하게 쩝쩝 소리를 내며 접시를 완벽하게 비웠다.
그러더니 기름기 가득한 손으로

접시를 들고 핥기 시작했다. 마치 개처럼!

'세상에! 부처님, 제발 저 녀석 좀 어떻게 해주세요!'

아농이 다시 있는 힘을 다해 통의 정강이를 걷어찼다.
너무 세게 찬 모양이었다.

"으악!"

비명과 함께 통이 접시를 떨어뜨렸다.
하얀 사기 접시는 시멘트 바닥에서 턱 소리를 내며
세 조각으로 갈라져버렸다.

"뭐야? 이 거지새끼들은?"

아이들이 일제히 식당 입구로 고개를 돌렸다.
삼촌이었다.
삼촌은 여느 때처럼 미간에 단단히 주름을 잡고,
깨진 접시를 노려보고 있었다.

"누가 거지를 불러들였어?
너잇!!! 말해봐!!!"

너이는 주방 입구에서 행주를 두 손에 꼭 쥔 채로
바들바들 떨고 있었다.
어찌나 심하게 떠는지 마치 행주를 위아래로
털고 있는 것처럼 보일 지경이었다.

"한심한 것!
내가 이러니 자리를 비울 수가 있냔 말이지!
그래도 조카라고, 부모 없는 게 불쌍해서 데려다 놓았더니,
아무리 외동딸로 귀염만 받고 자라
배운 게 없어도 유분수지,
하는 족족 실수고, 치는 족족 사고네!
야, 이게 네 가게냐? 돈 안 받고 거지한테 음식을 주게?
그리고 여기가 고아원이냐?
일 못하는 계집애 고아로 부족해서
거지 사내놈들까지 고아를 셋이나 들이게!"

그는 속사포처럼 말을 쏘아대다가 멈췄다.

입을 우물거리더니 카악, 소리 나게
침을 뱉고서 또 계속했다.

"너잇!! 말해봐.
거지였던 때가 그리우냐?
네 부모 죽고 내가 거두기까지,
너 이놈들처럼 거지 생활했잖아?
다시 길거리를 헤매고 다니게
고향으로 돌려보내주랴?"

너이의 낯빛이 하얘졌다.
위아래로 털던 행주가 바닥으로 툭 떨어지더니,
너이가 무릎을 꿇고 삼촌 다리에 매달렸다.

"죄송해요, 삼촌.
제, 제가 안 된다고 했는데도
자, 자꾸 들어오는 바람에…
저는, 저는 정말 문제를 일으키고 싶지 않았는데…
억지로… 그러니까 억지로…."

통이 억울한 표정을 지었다.
당장이라도 입을 열어 자초지종을 설명할 기세였다.
아농이 통의 손을 잡고 지그시 눌렀다.
삼촌이 다리에 매달린 너이를 차내듯 밀어내며 소리 질렀다.

"거짓말 마! 그랬다면 주먹밥이나 줘서 내보냈겠지,
어떻게 접시에 음식이 나와 있어?"

아농이 벌떡 일어났다.

"제가 볶음밥을 내라고 했어요!
돈이 있다고… 거짓말을 했어요!
너이는 아무 잘못 없어요!
모두 제 잘못이에요! 용서해주세요."

"뭐? 정말이야?"

아농이 삼촌을 똑바로 쳐다보며 고개를 끄덕였다.
통이 "형!" 하고 불렀지만 모른 체했다.

"이런 거지새끼들!
평소에 가여워 남은 밥을 챙겨줬더니,
뭐? 이젠 내가 없는 틈을 타 사기를 쳐?"

삼촌은 자루가 긴 빗자루를 들었다.

"너잇!!
이걸로 저 녀석들을 내쫓아라! 당장!"

소녀는 빗자루를 들고 어찌할 바를 모르고 서 있었다.
삼촌의 미간이 더 깊게 오그라들었다.

"뭐해? 너잇!!"

마지못해 소녀가 빗자루를 어색하게 휘둘렀다.

"어서 가…. 어서…."

소녀가 빗자루를 흔들 때마다 머리칼이 같이 흔들렸다.
난꽃 향이 은은했다. 그것이 아농은 조금 슬펐다.

통이 가슴까지 찢어져 내려온 셔츠를
위로 꼭 붙잡고서, 분한 듯 씩씩거렸다.

"죄송합니다."

아농이 허리 굽혀 용서를 구했다.
그리고 얼른 통의 팔을 낚아채 가게를 나섰다.

"정말 죄송합니다."

빗속에서 아농이 한 번 더 허리를 굽혔다.
그리고 느릿느릿 공원으로 향했다.
위에서 떨어지는 빗물과
뒤에서 쏟아지는 삼촌의 욕설이 소년들을 흠뻑 적셨으나,
다리에 힘이 빠져 걸음을 재촉할 수는 없었다.

⋮

우기가 찾아왔다.
지침 없이 비가 내렸다.
마치 양동이를 엎을 때처럼 빗물이 쏟아졌다.

나뭇가지가 부러지고 꽃대가 꺾였다.
사원 뒤편을 우아하게 흐르던 메콩강은 놀랄 만큼 불어나,
성난 황소 떼처럼 강변의 물건들을 휩쓸며 내려갔다.
아이들은 강물에 떠내려온 그릇이나 슬리퍼 같은 것을
잡아보겠다고 강물에 뛰어들었다가
어른들에게 꾸중을 듣고 집으로 돌아갔다.
그 어느 해보다도 많은 비가 내리는 것 같았다.

통과 아농은 사원에서 챙겨주는
아침만 먹고 굶는 날이 많았다.
비가 내려 동냥하러 다니기도 여의치 않았을 뿐 아니라,
다닌다 해도 그다지 성과가 좋지 않았기 때문이다.
종일 정자에 웅크려 있다 보니
평소보다 배가 덜 고프기도 했다.
무엇보다도, 소녀와의 일이

아농의 뇌리에서 떠나지 않았다.
미안했고 수치스러웠다.
서러웠고 스스로 한심해졌다.
또 구차하게 동냥을 나서느니
차라리 굶는 편이 마음 편했다.

공원에서 식당을 바라보면
소녀는 여느 때와 다름없이 일을 했다.
다만 비 때문에 손님이 줄고 설거지도 줄어,
식당 안쪽에 머무는 시간이 더 많아졌다.
당연히 얼굴을 자주 볼 수가 없었다.
아농은 소녀가 더 보고 싶었지만,
혹시라도 삼촌의 눈에 띌까 봐
식당 앞을 얼쩡거릴 수가 없었다.
하늘도 마음도 우중충하기만 한 나날이었다.

⋮

접시를 깨뜨린 지 정확히 일주일이 되던 날,
오후가 되자 줄기차게 내리던 비가 멈췄다.
통은 냉큼 정글짐으로 달려가 대롱대롱 매달렸다.
그동안 좀이 많이 쑤셨던 모양이었다.
사람들은 부지런히 메콩강 가로 나와
빨래를 해서 햇빛에 말렸다.
아농도 정자에서 나와
한 벌뿐인 축축한 셔츠를 벗어 시소에 널었다.

"저기…."

익숙한 향기가 뒤에서부터 날아와 코를 적셨다.
여름에 사원의 뒤뜰에 피는 난꽃.
아농은 얼른 뒤돌았다.
너이!
너이가 살짝 고개를 숙이고 쭈뼛거리며 서 있었다.

"할 말이 있는데…
삼촌 때문에 빨리 돌아가봐야 해.

그래서 편지로 썼어. 그리고 이거….”

너이는 편지와 함께 며칠간 모아둔 듯
꽤 많은 양의 주먹밥을 정자의 나무 바닥에 내려놓았다.
그러곤 뒤도 안 돌아보고 식당으로 뛰어갔다.

“형, 저 거짓말쟁이가 여기 무슨 일로 왔대?
어, 이게 뭐야? 밥이잖아!”

통은 마파람에 게 눈 감추듯 두 덩이를 해치웠다.

“칫, 그래도 양심은 있었던 모양이지,
이렇게 밥을 가져온 걸 보면? 형, 어서 먹어!”

통이 아농에게 밥 한 덩이를 내밀었다.
그러나 아농은 통의 말이 들리지 않는 듯했다.
밥도 보이지 않는 듯했다. 대신 편지를 집어 들었다.
누렇고 얇은 갱지가 예쁘게 두 번 접혀 있었다.
아농은 편지를 펴 보았다가 이내 접었다.
그대로 서서 깊은 생각에 잠긴 듯 입술을 꽉 깨물었다.

"형, 어디 가?"

통이 소리쳤지만,
아농은 뒤도 돌아보지 않고
성큼성큼 길을 건너 사원으로 갔다.

예비 스님 파는 영어 책을 읽고 있었다.
파를 볼 때마다 아농은 부럽고 존경스러웠다.
텔레비전을 보거나 장난을 치는
다른 예비 스님들과 달랐다.
정식으로 계를 받아 훌륭한 스님이 되기 위해,
언제나 열심히 준비하고 공부하는 모습이었다.

"아농, 웬일이야?
비가 그쳐서 놀러 왔니?"

"아니요, 그게 아니라…."

말도 꺼내기 전부터 얼굴이 달아올랐다.
용기를 내야만 한다.

"글을… 글을 배우고 싶어요.
부디… 가르쳐주세요."

파는 거절하는 것도, 승낙하는 것도 아닌,
놀란 표정으로 아농을 쳐다보았다.

"갑자기 왜지?"

"읽어야 할… 편지가 생겼어요."

"내가 읽어줘도 돼.
글을 가르쳐주지 않겠다는 게 아니라…
글을 배운다는 건 아주 좋은 일이지.
다만, 혹시 급한 편지일 수도 있으니까
일단 읽어두고 나서 글은 차차…."

"아니에요.
꼭 글을 배워 제가 직접 읽고 싶어요."

"호오, 그래?

누구에게서 온 편지인지도 안 가르쳐줄 건가?"

"예, 죄송해요. 비밀이에요."

얼굴이 점점 더 뜨거워지는 것 같았다.

"그래, 알겠어.
그런데 승낙하기 전에 한 가지만 물어봐도 될까?"

파가 진지한 얼굴을 아농에게 가까이 가져갔다.

"왜 직접 읽고 싶은 거니?"

아농은 뜨거운 고개를 쳐들어 파의 눈을 바라보았다.
그 이유라면 분명했다.

"저는… 거지이지만…
그래서 제가 무얼 먹는지,
어디서 자는지…
사람들이 다 볼 수 있지만…

이건 저 혼자서만 보고 싶어요.
얻어먹고, 얻어 입고, 얻어 자지만,
얻어 읽고 싶지 않아요."

파는 고개를 끄덕였다.

"…그래. 무슨 말인지 알겠다.
좋아. 내가 글을 가르쳐주마.
매일 오후 해가 정자 지붕 서편으로 넘어가면 한 시간씩."

"감사합니다!"

"천만에. 우리 모두에게 재미있고 유익한 시간이 될 거야.
내일부터 시작하자. 그런데… 아농, 알고 있니?"

"뭘요?"

"조금 전 네가 한 이야기는 굉장히 중요한 거란다.
더는 공짜로 얻고 싶지 않은 마음,
스스로 해내고 싶은 마음 말이야."

아농은 잘 이해되지 않는다는 듯 고개를 갸웃했다.
오랜만에 모습을 드러낸 태양만큼이나,
파가 아농을 향해 따사로운 미소를 지었다.

"무슨 뜻인지 곧 알게 될 거야."

:

아농은 사원의 뒤뜰로 갔다.
난은 가득했으나 여름이 아니었으므로 꽃은 피지 않았다.
그래도 아농은 거기 너이의 머리 향내가
은은히 떠다니는 것만 같았다.
날씬하게 뻗은 난 앞에 앉아 다시 누런 갱지를 펼쳐보았다.
예쁜 글씨였다. 그림 같기도 했고 마음 같기도 했다.
소녀의 손 같기도 했고 머리카락 같기도 했다.
아마도 이렇게 쓰여 있을 것이다.

미안해.
그날 거짓말을 해서.
빗자루를 들고 쫓아서.
미안해.

하지만 '어쩔 수 없었어.'

어서 글을 배울 것이다. 이렇게 쓸 것이다.

괜찮아.
다 알고 있어.
세상의 '어쩔 수 없는 것들'에 대해
난 이미 잘 알고 있어.
부모님이 돌아가시는 것처럼
옷이 작아지는 것처럼
구걸하기 싫지만 다시 배가 고파지는 것처럼
어쩔 수 없는 것들에 대해
너무나 잘 알고 있어.
그래도 어쩔 수 없는 것들 가운데 한두 가지는
용기를 내 바꿀 수 있다고 생각해.
이 편지처럼
네게 편지를 쓰기 위해 내가 글을 배우는 것처럼
그러니 너도 힘들 때마다 희망을 잃지 마.

그림처럼 마음처럼 정성을 다해 쓸 것이다.

아농은 세상에서 가장 귀한 보물을 다루듯,

조심스럽게 편지를 접어 바지 주머니에 넣었다.

고개를 들어 하늘을 쳐다보았다.

참으로 오랜만에 투명하고 파란 하늘이었다.

땅 위의 모든 것들이 반짝거리며

빠른 속도로 말라가고 있었다.

"형, 여기 있었네. 한참 찾았잖아. 뭐 해?"

통이 다가와 곁에 앉았다.

거대한 미래처럼, 뭉게구름이

강 건너편에 높이 일어서 있었다.

아농은 말없이 통과 어깨동무를 했다.

소년들의 두 눈에 흰 뭉게구름이 가득 담겼다.

눈동자가 환하게 반짝거렸다.

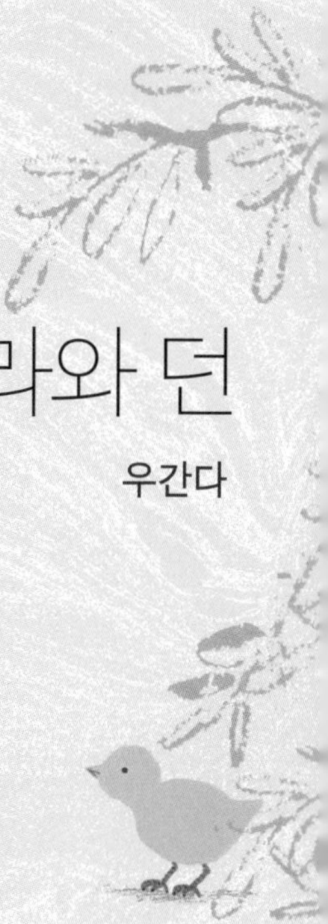

바바라와 던

우간다

정말로 경이로운 힘은
'매일' '스스로' 내는 힘이다.
태양처럼.

받은 빛을 반사해내는 힘이 아니라,
조건부로 잠깐 일어나는 힘이 아니라.

그 경이로운 힘은 어디서 올까?
어떤 이는 사랑에서 온다고 한다.
어떤 이는 감사에서 온다고 한다.

그럼,
사랑과 감사는 어디에서 올까?

아침에 일어나 태양에게 "안녕!" 인사할 때 온다.
또 하루를 선물받았다고 자각할 때 온다.

아침 햇살이 산꼭대기에서부터 등성이를 타고
엉금엉금 내려가더니, 마침내 호수에 닿았다.
호수는 금빛으로 찬란하게 반짝거리다가,
시간이 흐를수록 짙푸르러졌다.
호수의 이름은 부뇨니였다.
동아프리카의 우간다에 있는 아름다운 호수였다.
열 살 소녀 바바라는
산중턱에 자리한 보육원 뜰에 서서
저 아래 호수를 내려다보고 있었다.

아침마다 바바라는 기분이 좋았다.
세상이 새것이 된 것 같았다.
호수는 전날보다 더 깨끗해진 것 같았고,
햇빛은 더 투명해진 것 같았다.
간밤의 외로움 같은 건
투명한 햇빛에 쓸려 남김없이 사라져버렸다.

"아, 상쾌해!"

바바라는 고개를 젖히고
달콤한 아침 공기를 들이마셨다.

"이 멍청한 것!
뭐 하니? 빨리 물을 길어 오지 않고!
오늘은 식사 뒤에
수잔을 목욕시켜야 하는 날인 걸 잊었니?"

보육원 원장 던이 창문으로 고개를 내밀고 소리쳤다.
수잔은 그의 아내였다.
때마침 방 안에서 미리엄이 칭얼대기 시작했다.
던이 마저 소리쳤다.

"내가 미리엄에게 우유를 먹이고 있을 테니,
넌 어서 호숫가에 가서 물을 길어 와!"

수잔은 많이 아프다.
에이즈로 몸져누운 지 벌써 일 년이 지났다.
이웃 사람들은 수잔이 얼마 살지 못할 거라고 수군거렸다.
그때마다 던은 사나워졌다.

"수잔은 에이즈가 아니야!
곧 털고 일어날 거라고!
미리엄에게 세상에 둘도 없는
엄마가 되어줄 테니 두고 봐!"

수잔이 아프면서부터 던은 많이 변했다.
소리도 잘 지르고 매사에 엄격해졌다.

처음 바바라가 던을 만났을 때는 지금과 달랐다.
그는 마음씨 좋은 큰오빠처럼 미소를 지으면서,
접시 가득 삶은 감자를 내밀었다.

"배고프지? 자, 어서 이것부터 먹어라."

굶주린 바바라가 감자를 통째로 입 안에 쑤셔 넣자,
"천천히 먹어야지." 하며 물까지 가져다주었다.
바바라는 그때의 던이 그리워지곤 했다.

⋮

노란 플라스틱 물통을 들고

바바라가 산등성이를 따라 내려갔다.
수잔을 씻기려면
평소보다 네 번 더 산등성이를 오르내리며
물을 길어야 했다.
모두 다 바바라가 해야 할 일이었다.
보육원에 머물며 던을 도와줄 사람은
바바라밖에 없었기 때문이다.
바바라는 부모님과 일가친척을 모두 잃어
달리 갈 곳이 없었다.
다른 아이들은 부모님 가운데 한 분이라도 살아 계셨다.
부모님이 아니면 할머니나 삼촌이라도.
그래서 가끔만 보육원으로 와서
삶은 감자를 얻어먹거나 숙제를 하고 집으로 돌아갔다.

바바라는 부지런히 걸었다.
노래를 흥얼거리며 걸었다.
엄마가 불러주셨던 자장가였다.

숲속 오두막에 우리 아기가 있다네.
바람이 우리 아기 잠재워주네.

새들이 우리 아기 잠재워주네.
냇물이 우리 아기 잠재워주네.
엄마 젖이 밤새워 비처럼 내리네.
오, 아프리카에 축복의 비가 내리네.
숲의 마법이 시작된다네.

바바라가 아는 노래는 그것 하나뿐이었다.
그래서 언제나 그 노래를 불렀다.
설거지를 할 때에도, 미리엄을 돌봐줄 때에도,
이렇게 물을 길으러 갈 때에도.
노래를 부르면 엄마가 곁으로 와 듣고 있는 것 같았다.
바바라가 하는 일을 거들어주는 것도 같았다.
그래서 어떤 일도 힘들지 않았다.

걸음을 재촉했다.
작은 돌멩이들이 발바닥을 찔렀지만,
굳은살이 뜬뜬하게 박여 아프지 않았다.
바바라는 한 번도 신발을 가져본 적이 없었다.
아니, 엄마가 해준 말씀에 의하면
바바라가 갓난아기였을 때

어여쁜 뜨개 신을 신은 적이 있다고 했다.
바바라가 태어나자마자,
너무나 기쁜 나머지 아빠가 장터에 가셔서
값비싼 노란 털실을 사오셨다는 것이다.
솜씨 좋은 엄마는 하루에 한 짝씩
꼭 이틀 만에 앙증맞은 뜨개 신을 만들어냈다고 하셨다.
바바라는 그 노란 신을 기억해내려고 애쓰곤 했지만,
아무리 애를 써도 떠오르지 않았다.
하지만 그것도 괜찮았다.
노란 신이 바바라의 상상 속에서
매일매일 새로운 모습으로 탄생했으니까.
노란 장화도 되었다가,
노란 뾰족구두도 되었다가,
노란 슬리퍼도 되었다.
모두 다 마음에 쏙 들 만큼 예뻤다.

'나도 예쁜 신을 신어본 적이 있다고.'

바바라는 으쓱했다.
엄마가 잘 들을 수 있도록 더 크게 노래했다.

“바람이 우리 아가 잠재워주네~!”

새들이 반주를 넣어주었다.
나뭇잎들이 백댄서들처럼 춤을 춰주었다.
바바라는 신이 나서 물통을 하늘 높이 쳐들고
있는 힘껏 빙빙 돌렸다.

“앗!”

너무 까불었던 것일까?
물통이 손에서 스르륵 빠져나갔다.
‘슈웅’ 하늘을 날더니 ‘뚝’ 떨어져 비탈을 구르기 시작했다.

“안 돼!”

물통에 금이라도 간다면 던이 몹시 화를 낼 것이다.

‘칠칠맞은 것!
물이 새는 물통을 어디다 쓴단 말이냐!’

바바라는 물통을 잡기 위해 전속력으로 달렸다.
하지만 돌멩이 많은 비탈길은 미끄럽기 짝이 없었다.
둥글고 반들반들한 돌멩이 하나가
바바라의 뒤꿈치에 닿는가 싶더니,
즉시 박힌 자리에서 빠져나와 구르기 시작했다.
그와 동시에 바바라는 엉덩방아를 찧고 말았다.
그대로 높다란 비탈길에서 미끄럼을 타기 시작했다.

⋮

얼마나 내려왔을까?
작은 소동 때문에 일어난 흙먼지가 가라앉을 무렵,
바바라는 정신을 차리고 일어나 앉았다.

'아이고, 바바라 살려. 불쌍한 내 엉덩이야.'

자신이 미끄럼 타고 내려온 자국을 올려다보았다.

'세상에! 바바라, 넌 엉덩방아의 천재야.
자전거를 타고 내려왔대도
이보다 빨리 내려올 순 없겠다.'

바로 그때, 어딘가에서
희미하지만 분명한 소리가 들려왔다.

"삐… 삐삐… 삐약삐약…."

바바라는 얼얼한 엉덩이를 만지다 말고
주변을 둘러보았다.
마을까지는 아직도 한참 더 내려가야 했다.
사람들이 키우는 닭이나 병아리가 여기 있을 턱이 없었다.
뭐지? 둥지에서 떨어진 아기 새일까?

가만히 귀 기울이니 소리가 들려오는 건 왼쪽이었다.
가시덤불 속에서 새어 나오고 있었다.
바바라는 가시덤불 안을 들여다보았다.
'삐약삐약' 소리가 미친 듯이 높아지고 빨라졌다.
덤불 안쪽에 자그맣고 노란 것이 있었다.
병아리였다.
병아리 한 마리가 마을에서 이렇게 먼 곳까지
어떻게 오게 되었을까?
진짜, 살아 있는, 병아리가!

병아리는 마치 우리에 갇힌 새처럼 덤불에 갇혀 있었다.
꼼짝달싹도 못 한 채 파닥대면서 울고 또 울었다.
어찌나 격렬하게 몸부림을 쳤는지
가시에 찔린 두 날개에 피가 묻어 있었다.
어서 구해내지 않으면 죽고 말 터였다.

바바라는 나뭇가지를 하나 주워
덤불에 구멍을 뚫어보았다.
손이 들어갈 정도의 구멍을 만들면 될 것 같았다.
고집 센 덤불이었다. 꿈쩍도 하지 않았다.
구멍은커녕, 틈조차 제대로 벌어지지 않았다.
바바라는 좀 더 튼튼한 나뭇가지를 두 개 찾아냈다.
모두 가시덤불에 집어넣고 가위처럼 벌렸다.
벌리고, 벌리고, 또 벌렸다.
콧잔등에 땀이 송송 맺히고
힘을 꽉 준 어금니가 아플 지경이 되어서야,
간신히 어린아이의 팔이
들어갈까 말까 할 정도의 틈이 생겼다.
바바라는 나뭇가지를 땅바닥에 던져두고
크게 숨을 들이켰다.

'엄마! 저는 할 수 있어요. 그렇죠?
제가 저 가여운 것을 구해낼 수 있도록 도와주세요.'

바바라는 몸 안의 용기를 남김 없이 끌어 모으기 위해,
엄마의 자장가에서
'새들이 우리 아가 잠재워주네.' 부분을
목청껏 세 번 불렀다.
그리고 눈을 꾹 감은 채
벌어진 덤불 틈으로 오른팔을 쑥 집어넣었다.
사자 발톱처럼 날카로운 가시가 바바라의 팔을 할퀴었다.
하지만 바바라는
손이 병아리에 닿는가에만 집중한 나머지
거의 고통을 느끼지 못했다.
가장 긴 가운뎃손가락 끝에 병아리의 몸통이 닿았다.
따뜻하고 보드라웠다.
병아리가 놀란 듯 요란하게 삐약거렸다.
바바라는 망설임 없이 팔을 한 뼘 더 밀어 넣었다.
사자 발톱이 한 뼘 더 깊숙이 팔을 할퀴었다.
병아리가 손아귀에 들어왔다.
바바라는 안도의 한숨을 쉬었다.

그제야 다친 팔이 화끈거리기 시작했다.
바바라는 미간을 찡그리고 입술을 꽉 깨물었다.
아프지만, 팔을 도로 빼내야 할 순간이다.

'용기를 내, 바바라! 한 번에 쑥 빼내야 덜 아프니까.'

바바라는 조심스럽게 병아리를 감싸 쥐고서 속으로 셌다.
하나, 두울… 셋과 함께 팔을 당겼다.
애써 잡은 먹이를 내놓을 때처럼,
사자 발톱이 이번에는 반대 방향으로 할퀴며 팔을 놓아주었다.

"으윽!"

바바라는 외마디 비명을 질렀지만,
상처보다 먼저 손 안의 병아리부터 살폈다.
병아리는 의외로 잠잠했다.

"이제 걱정 마. 내가 너를 잘 돌봐줄게."

병아리가 검은 구슬 같은 눈을 깜빡거리며

바바라를 올려다보았다.
바바라는 그 조그만 얼굴에
자신의 까만 얼굴을 가까이 대고 입을 맞췄다.

:
:

부뇨니 호수를 건너가면 우간다의 국경이다.
국경 너머에는 우간다의 이웃 나라인 르완다가 있다.
바바라는 사실 르완다에서 태어난 르완다인이다.
그런데 르완다에 내전이 일어나면서
엄마와 아빠를 모두 잃고 이곳 우간다로 오게 된 것이다.
르완다에는 아주 오래전부터
'후투족'과 '투치족'이 형제처럼 지내오고 있었다.
두 부족은 가끔 다투기도 했지만
곧 화해하면서 어우렁더우렁 지내왔다.
그런데 북유럽의 벨기에가
르완다를 식민지로 삼으면서 이야기가 달라졌다.
벨기에는 이 형제들 중 하나만 편애함으로써
둘 사이가 나빠지게 이간질했다.
영리한 전략이었다.
만약 두 형제가 사이좋게 뭉쳐

벨기에를 쫓아내면 곤란했으니까.

서로를 미워하게 된 후투족과 투치족은
마침내 전쟁을 일으켰다.
서로에 대한 미움이 깊어진 만큼,
엄청나게 많은 후투족이 엄청나게 많은 투치족을 죽였다.
그 보복으로 또 엄청나게 많은 투치족이
엄청나게 많은 후투족을 죽였다.
피는 피를 불렀다.
르완다는 지옥이 되었다.
바바라의 아빠는 지옥 속에서 싸우다 돌아가셨고,
엄마는 바바라를 데리고 떠난 피난길에서 돌아가셨다.

"포기하지 마, 바바라."

그것이 엄마의 마지막 말씀이었다.

흙먼지가 끝도 없이 날리는 피난길을
바바라는 사람들 틈바구니에 끼어 혼자 걸었다.
이리 밀리고 저리 밀리면서 걸었다.

너무 목마르고 배가 고플 때면
꿈틀꿈틀 피어나는 먼지가 바람에 춤추는 푸른 수풀 같았다.
그 수풀 속으로 들어가 누웠으면 했다.
그 속에 숨어 있는 열매를 따 먹고 잠들었으면 했다.
다신 깨어나지 않았으면 했다.
하지만 엄마의 마지막 말씀이 바바라를 계속 걷게 했다.

"포기하지 마, 바바라."

때때로 정신을 잃을 때면,
누군가 아껴두었던 귀한 물을
바바라의 입 속에 한 모금 넣어주고 갔다.
금가루보다 소중한 빵부스러기를 나누어주고 가기도 했다.
그 사람들이 누군지는 기억나지 않았다.
르완다에서 옆집에 살던 아줌마를 닮은 것 같기도 했고
전혀 닮지 않은 것 같기도 했다.
오직 기억나는 것은, 바바라가 그들 덕분에
다시 일어나 걸으면서 했던 결심이었다.

'이 다음에, 반드시, 나도 누군가를 돕는 사람이 되겠어.'

그렇게 어렵사리 이곳 부뇨니 호수에 도착했다.
그때, 갈 곳 없는 바바라의 앙상한 가슴에
보육원 원장 던이 한 접시 가득 감자를 안겨주었던 것이다.

⋮

병아리를 손에 쥔 채 바바라는 한참 더 물통을 찾았다.
근처에 떨어진 것 같았지만,
아무리 찾아도 노란 물통은 보이지 않았다.
풀숲에도 없었고 나무 밑동 사이에도 없었다.
바위 뒤에도 없었고 나뭇가지 위에 걸려 있지도 않았다.
정말 이상한 노릇이었다.
노란 물통이 노란 병아리로 둔갑하기라도 했단 말인가?

긁힌 팔의 통증이 점점 더 심해졌다.
상처는 눈에 띄게 부풀어 올랐다.
간신히 피는 멈췄지만 진물이 멈추지 않고 흘렀다.
바바라는 치마를 들춰보았다.
아까는 몰랐는데 비탈을 구르는 사이
엉덩이도 까졌고 무릎에도 멍이 들었다.
그런 것은 다 좋았다.

고통을 참는 것에는 이미 이골이 난 바바라였다.

다만 병아리가 너무 지쳐 있었다.

어서 데려가 물과 모이를 주지 않으면 죽어버릴지도 몰랐다.

문득, 바바라는 엄마가 불러준

자장가의 마지막 부분이 떠올랐다.

숲의 마법이 시작된다네.

'어쩌면… 어쩌면…

정말로 물통이 병아리로 바뀌었는지도 몰라.

숲의 마법처럼!'

바바라는 물통 찾기를 그만두고

보육원으로 걸음을 돌렸다.

⋮

"뭐? 물통을 잃어버렸다고?

이런 멍청한 것!

내가 물을 길어 오라고 했지,

물통을 집어던지라고 했냐?"

바바라가 야윈 어깨 사이로 고개를 떨어뜨렸다.
던은 성이 풀리지 않는 모양이었다.

"해가 중천에 뜨도록 아침 식사도 만들지 않고
여태 쓸모없이 헤매고 다녔다니!
어리석은 것! 한심한 것! 멍텅구리 같은…."

그때 병아리가 작게 삐약거렸다.

"이건 무슨 소리냐?"

바바라가 조심스럽게 손 안에 품고 있던 병아리를 내보였다.
던이 뜻밖이라는 듯 코를 쑥 내밀고 눈을 가늘게 떴다.

"믿으실지 모르겠지만…,
이건 숲속의 마법이에요.
노란 물통이 노란 병아리로 뒤바뀌었어요.
물통을 잃어버린 건 정말 죄송하지만,
제가 대신 이 병아리를 잘 키울게요.
병아리가 커서 알을 낳으면 그걸 팔아 물통을 사드릴게요."

던은 그제야 바바라의 팔을 쳐다보았다.

핏물과 진물이 잔뜩 엉겨 붙은 길쭉한 상처들을.

그는 고개를 가로젓더니, 입술을 야비하게 비틀며 말했다.

"멍청한 것, 셈은 제대로 해야지.

물통이 병아리로 뒤바뀐 거라면,

당연히 이 병아리도 내 것이지.

애초에 물통은 내 것이었으니까, 안 그래?"

던은 바바라의 손에서 병아리를 낚아챘다.

"자, 물통을 잃어버린 벌로 아침 식사는 없다.

넌 한시바삐 윗마을 존의 집에 가서 물통을 빌려다

수잔의 목욕물을 떠 오도록 해!"

⋮

고된 하루였다.

상처투성이 몸임에도 불구하고,

물을 길으러 여러 차례 호수까지 오르내렸다.

수잔의 앙상한 몸을 구석구석 닦아준 뒤에도,

시커먼 무쇠솥을 광이 날 때까지 문질렀다.
감자를 손질하고 밭에서 콩을 땄다.
장터에 내다 팔 바구니를 짜는 일도 바바라의 몫이었다.
장날이 이틀 뒤로 다가와 있었기 때문에 잠시도 쉴 수 없었다.
저녁으로 삶은 콩을 먹을 때 잠깐 앉을 짬이 났지만,
그나마 미리엄이 때맞춰 우는 바람에
미리엄을 등에 업고 서성이며 먹어야 했다.
마침내 밤이 되었다.
피곤한 몸이 휴식을 취할 수 있는 시간.
하지만 바바라는 잠이 오지 않았다.
흙바닥 위에 펼쳐놓은 돗자리에서 이리 구르고 저리 굴렀다.

'힘겨운 하루였는데 왜 잠이 오지 않는 걸까?'

잠이 오기는커녕 구를 때마다
상처 입은 팔다리와 엉덩이가 욱신거려
점점 정신이 또렷해지기만 했다.
잠을 청하기 위해 엄마의 자장가를 소리 내어 불러보았다.
최대한 엄마가 불러주는 것과 흡사하게 부르기 위해
엄마의 목소리를 떠올리면서.

숲속 오두막에 우리 아기가 있다네.
바람이 우리 아기 잠재워주네….

이상한 일이었다.
엄마의 목소리가 기억나지 않았다.
다시 시도해보았다.
역시 되지 않았다.
가슴에 뜨거운 물 같은 것이 꽉꽉 차올랐다.
아빠의 넓은 어깨와 커다란 손도 떠올려보았다.
그마저 기억나지 않았다.
늘 씩씩한 바바라이지만, 가끔씩 그런 밤이 있었다.
유난히 옛 생각이 많이 나거나 몸이 아픈 밤,
뜨거운 물이 가슴에 꽉꽉 차서 눈으로 쏟아질 것만 같은 밤.
그럴 때 바바라는 벌떡 일어나 뜰로 나갔다.
오래도록 달님을 올려다보았다.
달님은 변함없이 말을 걸어주었다.

'바바라, 또 잠이 오지 않는구나?'

'네.'

‘이리 오거라. 내가 어루만져줄게.’

달님의 손길은 차갑지도 뜨겁지도 않았다.
대신 촉촉했다. 설거지를 마친 엄마의 손길과 비슷했다.
달님은 연고를 발라주듯,
바바라의 아픈 곳을 두루두루 보듬어주었다.
아픈 팔다리뿐 아니라 아픈 마음까지도.

‘바바라, 상처가 많이 난 걸 보니
오늘 하루도 열심히 살아낸 모양이구나.
내가 널 칭찬해줄게.’

그러고 나서 방으로 돌아와 돗자리에 누우면,
가슴에서 찰랑거리던 뜨거운 물이 잔잔해져 있었다.
달님 덕분에 바바라는
많은 밤을 울 듯 울 듯 울지 않고도 잘 참아 넘길 수 있었다.

바바라가 보육원 뜰을 막 거닐기 시작했을 때,
건넌방에서 미리엄이 울음을 터뜨렸다.
바바라는 얼른 미리엄에게로 갔다.

죽은 듯 창백한 수잔과 코를 고는 던 사이에서
미리엄이 조그만 손발을 버둥대고 있었다.
그들이 깨지 않도록 까치발을 한 채,
바바라는 미리엄을 품에 안고 뜰로 나왔다.
미리엄은 중간에 깨어나면
좀처럼 다시 잠들지 못하는 아기였다.
밖으로 데리고 나와 신선한 바람을 쐬어주며
오래 걸어야만 도로 잠들곤 했다.

달빛 밝은 밤이었다.
살진 반달이 은은하게 호수를 밝히고 있었다.
바바라는 품 안의 미리엄을 내려다보았다.
아기는 눈물이 그렁그렁한 눈을 말똥말똥 뜨고 있었다.

"미리엄, 달님 좀 봐.
오늘 아주 환하고 어여쁘시단다.
네 덕분에 이렇게 달빛에 반짝이는 호수를 보게 되었네."

바바라는 미리엄의 눈물을 닦아주었다.

"그런데 미리엄, 나라면 말야.
엄마와 아빠 사이에서 자면서 울거나 하지는 않겠어.
너는 엄마 냄새가 좋지 않니?
아빠의 팔을 베는 것도 참 좋잖아?
난 말야, 한 번만 더 엄마 아빠 사이에서 잘 수 있다면,
그렇다면, 저 달님한테까지도 한달음에 뛰어갈 수 있어.
아니, 저 달님을 달랑 들어서 네 코에 붙여줄 수도 있어.
자…, 그러니까 인제 그만 자도록 해보자.
내가 자장가를 불러줄게."

숲속 오두막에 우리 아기가 있다네.
바람이 우리 아기 잠재워주네.
새들이 우리 아기 잠재워주네.
냇물이 우리 아기 잠재워주네.
엄마 젖이 밤새워 비처럼 내리네.
오, 아프리카에 축복의 비가 내리네.
숲의 마법이 시작된다네.

⋮

아침이 되었다. 아침마다 바바라는 기분이 좋았다.

세상이 새것이 된 것 같았다.

호숫물도 전날보다 더 깨끗해진 것 같았다.

간밤의 외로움도 햇빛에 쓸려 남김없이 사라졌다.

바바라가 보육원 뜰에 서서

저 아래 호수를 내려다보며 달콤한 아침 공기를 들이마시는데,

커다란 울음소리가 들렸다.

그런데 그 울음소리의 주인공은 미리엄이 아니었다.

"수잔! 일어나! 수잔!

제발, 이러면 안 돼! 수잔, 제발…."

던이었다.

곧이어 미리엄이 아빠를 따라 울기 시작했다.

커다란 어른과 아이의 울음소리가 뒤섞여

멈출 생각을 하지 않았다.

바바라는 그 자리에 얼어붙었다.

자동적으로, 엄마가 바바라 앞에서 눈을 감던

마지막 순간이 떠올랐다.

몹시 야위고 퀭한 눈을 한 엄마.

내 가여운 엄마.

바바라가 꼭 붙잡았던 엄마의 손은

금방 딱딱해지고 차가워졌다.

엄마의 마지막을 떠올리자, 온몸이 부들부들 떨려왔다.

던의 방에 가봐야 한다는 생각이 들었지만,

도무지 몸이 말을 듣지 않았다.

바바라는 두 주먹을 불끈 쥐었다.

입술을 꽉 깨물었다.

억지로, 아주 힘겹게, 한 걸음을 내디뎠다.

다리가 나무토막 같았다.

'바바라, 힘을 내. 넌 할 수 있어.

지금 미리엄과 던에겐 도와줄 사람이 필요해.'

한 걸음이 천 근이었다.

질질 끌듯, 천 근, 또 천 근.

던의 방에 이르자,

수잔이 지난밤과 마찬가지로 창백하게 누워 있었다.

그런데 고개가 옆으로 꺾이고 입이 헤벌어졌다.

그리로 생명이 빠져나갔다는 것을 누구라도 알 수 있었다.

던이 어린아이처럼 무릎을 세우고
고개를 파묻은 채 울고 있었다.
바바라는 처음으로
그가 자신과 아홉 살밖에
나이 차이가 나지 않는다는 것을 깨달았다.
열아홉 살짜리 보육원 원장이자 아빠인 던.

바바라는 던이 실컷 울 수 있도록 미리엄을 안고 나왔다.
바바라는 알고 있었다.
사람들은 눈물을 통해서만 죽음과 친구가 된다는 걸.
더 많이 울수록 더 빨리 친구가 된다는 걸.

'실컷 울고 나면 노래할 수 있을 거야.
다시, 나처럼, 언제나.'

바바라는 품 안의 미리엄에게 속삭였다.

"가여운 것,
이제 우린 누가 먼저 달까지
한달음에 갈 수 있을지 경주를 하겠구나…."

:

수잔을 묻어주고 돌아온 날,

던은 곧장 자기 방으로 들어가버렸다.

미리엄이 울어도,

바바라가 삶은 감자를 들고 문을 두드려도

방에서 나오지 않았다.

그렇게 꼬박 하루가 지났다.

다시 아침이었다.

새들이 노래하기 시작했다.

호숫물이 새로운 햇살에 반짝거리더니, 점점 짙푸르러졌다.

바바라는 뜰로 나와 서서 던과 미리엄의 방을 쳐다보았다.

아직도 자는 것일까? 방에선 아무 기척도 없었다.

바바라는 한숨을 쉬고 나서 마당을 비질하기 시작했다.

'나라도 힘을 내야 해.

새로운 하루가 시작되었으니까.

엄마는 늘 말씀하셨지.

살아 있는 사람에겐 언제나 해야 할 일이 있는 법이라고.'

구석구석 깔끔하게 쓸었다.
빗자루를 흙집 벽에 기대어 세워두고 부엌으로 갔다.
감자를 삶기 위해 아궁이 솥에 물을 올렸다.
자루에서 통밀 반 줌과 물을 조금 가져와
병아리 우리 사이로 넣어주었다.
병아리가 총총히 다가와 바쁘게 쪼아 먹었다.
병아리의 다친 날개는 금세 회복되었다.
작은 궁둥이를 쳐들고 먹는 모습을 보고 있자니,
기분이 좋아졌다.

뒤에서 인기척이 났다.
던이었다.
몹시 울어 눈두덩이 부었고 코끝은 붉었다.
그래서인지 그의 얼굴은 평소와 달라 보였다.
정확히 말하자면, 수잔이 아프기 시작한 뒤의,
소리도 잘 지르고 매사에 엄격했던
그 얼굴과 달라 보였다.
처음 배고픈 바바라를 받아들여 삶은 감자를 주던
마음씨 좋은 큰오빠의,
바로 그 얼굴이었다.

"바바라…."

이상한 일이었다.
던이 그저 자신의 이름을 불렀을 뿐인데
갑자기 바바라의 눈에서 왈칵 뜨거운 것이 솟았다.
그러고 보니 수잔이 아프기 시작한 뒤로
던은 한 번도 바바라의 이름을 불러준 적이 없었다.
바바라의 이름은
'멍청한 것'이거나 '쓸모없는 것'이거나 '한심한 것'이었다.
던이 다시 한번 바바라의 이름을 불렀다.

"바바라….
미안하다. 그동안 네게 못되게 굴어서…
정말 미안해."

바바라의 눈에 고인 뜨거운 눈물이 투두둑 떨어져 내렸다.
밤마다 조금씩 가슴 속에 차올랐던 뜨거운 물이
'미안하다'는 말을 만나, 마구 눈으로 흘러내리고 있었다.
그동안 너무 가득 담아만 두었기 때문인지,
뜨거운 눈물은 걷잡을 수 없이 떨어지고 또 떨어졌다.

던이 고개를 숙이고 말을 이었다.

"너도 짐작했겠지만…
수잔은 에이즈였어. 그리고…."

그는 잠시 망설이다 덧붙였다.

"실은… 나도 에이즈란다.
어쩌면… 얼마 못 살지도 몰라."

던은 이 모든 고백이 힘에 겨운지
땅바닥에 털썩 주저앉았다.

"다행히 미리엄은 감염되지 않았어.
만약… 내가 많이 아프게 되거든…
그래서 죽게 되거든…
미리엄을 잘 돌봐줄 수 있겠니?"

바바라가 주먹으로 두 눈을 꾹 눌렀다.
간신히 폭포수가 멈췄다.

그거라면 바바라에게 어려운 부탁이 아니었다.
아이들은 자장가와 따뜻한 손길에 대한 기억만 있으면
어떻게든 자란다는 걸 알고 있기 때문이다.
바바라가 자신있게 고개를 끄덕였다.

호숫가에서부터 시원한 바람이 불어왔다.
아랫마을 아이들이 서로의 이름을 부르는 소리가
바람을 타고 보육원 뜰까지 올라왔다.

"반드시 그러겠다고… 약속해주겠니?"

바바라가 더 크게 고개를 끄덕였다.
던이 안도의 한숨을 쉬더니,
자리를 털고 일어나 바바라에게 다가왔다.

"고맙다, 바바라. 정말 고마워.
내가 했던 못된 말들은 모두 잊어라.
사실… 너는 내가 지금까지 보았던 아이들 중에
가장 용감하고 훌륭한 아이야.
내가 믿고 미리엄을 맡길 수 있는 이 세상 유일한 사람이지."

던은 두 손으로 바바라의 머리를 감싸 쥐더니,
자신의 가슴 가까이에 닿게 했다.
우간다의 많은 사람들처럼 던 역시 기독교 신자였는데,
그 모습은 마치 주일에 교회에서
예수님께 기도 드리는 모습과 흡사했다.

"그런데도 내가 그토록 못되게 굴었던 건…
인정할 수가 없었기 때문이야.
미리엄이 저렇게 어린데,
수잔이 곧 죽을 거라는 걸 인정할 수가 없었어.
너에게 언젠가 말한 적 있지?
나도 고아였다는 거.
사 형제가 친척 집에서 자라야 했어.
그래서 열여섯 살에 수잔과 결혼했을 때,
난 아주 행복한 가정을 만들고 싶었어.
엄마 아빠와 아이들이 함께, 오래,
건강하게 살아가는 가정 말이야.
이 보육원도 그렇게 꾸려나가고 싶었지.
행복한 가정처럼.
잘할 수 있을 줄 알았다.

그런데… 인정할 수가 없었어.
인정하는 순간 에이즈가
수잔과 나를 삼켜버릴 것만 같았으니까.
그래서 자꾸만 우겼지.
곧 나을 거라고. 에이즈가 아니라고.
세상이 원망스러워서, 무턱대고 화를 냈어.
착한 너에게마저도…
그런데 이제 수잔이 떠나고 나니 알겠다.
인정해야만 해. 미래를 대비하기도 해야 하고.
아이처럼 울고 있을 수만은 없지."

바바라가 고개를 들었다.

"…저도 그 기분 알아요.
엄마가 돌아가셨을 때, 해님이 아침을 밝히는 게 싫었어요.
달님이 밤을 만드는 것도 싫었고요.
자꾸 드러눕고만 싶었어요.
그런데도 해님은 계속 아침을 밝혔어요.
달님도 계속 밤을 만들었고요.
그리고 어느 날 던이 접시 가득 삶은 감자를 내밀었지요.

그 감자는 신기하게도 맛이 있었어요.
저는 다시 달님이 좋아졌어요.
아침도 좋아졌고요.
이제는 매일 세상이 새것이 된 것 같아요."

던이 두 손을 바바라의 짧은 곱슬머리 위에 올렸다.
눈을 감은 채 말없이 듣고 있었다.
던의 눈두덩은 여전히 부어 있었지만,
코끝은 아까처럼 붉지 않았다.
바바라의 눈물도 흔적 없이 다 말랐다.
물과 모이를 먹은 병아리가 우리 안에서 힘차게 삐약거렸다.
던이 기도를 다 마친 사람처럼
바바라의 머리에서 손을 내렸다.
천천히 몸을 돌려 방 쪽으로 가다가,
생각난 듯 뒤돌아섰다.

"참, 바바라. 저 병아리 말이다.
내가 요 아래 숲을 다 뒤졌는데도
물통이 발견되지 않았어.
아무래도 네 말이 맞는 것 같다.

숲의 마법이라고 했던가?"

자기 말을 하고 있다는 걸 눈치라도 챘는지
병아리가 던 쪽을 향해 더 유난스럽게 삐약거렸다.

"미리엄이 크거든 꼭 얘기해줄래?
'내' 물통이 '네' 병아리로 변한
숲의 마법에 대해서 말야."

바바라가 한 번 더 고개를 끄덕였다.
던이 얼굴 가득 마음씨 좋은 큰오빠처럼
미소를 담고는 방으로 돌아갔다.
바바라는 두 뺨에 손을 얹고 꾹 눌렀다.
벅찬 미소가 두 뺨을 힘차게 밀어서
뺨이 아플 지경이었기 때문이다.

'내 병아리라고?'
'용감한 아이라고?'
'훌륭한 아이라고?'

바바라는 병아리 우리 앞에 주저앉아 속삭였다.

"들었지, 너도?"

그럼, 하고 대답이라도 하듯
병아리가 조그만 날개를 파닥대면서
바바라의 얼굴을 똑바로 쳐다봤다.
던의 방에서 막 잠에서 깨어난 미리엄이 칭얼대기 시작했다.
바바라가 벌떡 일어서며 병아리에게 덧붙였다.

"네가 물통을 꿀꺽해버린 덕에
존 아저씨네 물통을 빌리러 가야겠다.
어서 물을 길어 와야 아침을 짓지."

바바라는 던이 쉴 수 있도록
미리엄을 둘러업고 집을 나섰다.

'던이 병들었다는 것을 알게 되었으니,
앞으로 더 정성껏 돌봐야겠어.'

바바라는 마음속으로 생각했다.

'정말이지, 나는 누군가를 돕는 게 좋아.'

그리고 존 아저씨 댁을 향해 비탈을 오르기 시작했다.
뒤이어 숲속에 낭랑한 목소리가 울려 퍼졌다.

숲속 오두막에 우리 아기가 있다네.
바람이 우리 아기 잠재워주네.
새들이 우리 아기 잠재워주네.
냇물이 우리 아기 잠재워주네.
엄마 젖이 밤새워 비처럼 내리네.
오, 아프리카에 축복의 비가 내리네.
숲의 마법이 시작된다네.

누르와 달랄

시리아

당신의 딸에게,
혹은 딸인 당신에게
지금 가장 필요한 한 마디가 있다면

"말하라!"

당신은 말해도 좋다.
당신은 말할 수 있다.

말해야 들릴 것이다.
들려야 모일 것이다.
모여야 손 잡을 것이다.
손 잡아야 강력해질 것이다.

동굴 속에서 홀로 고요히 기도할 때조차
인간은 소리 내 기도문을 말해왔다.

세상 모든 염원의 시작은
말하는 것이었다.

그러니, 딸아, 어서, 말하라.

누르는 시장을 걷고 있었다.
시리아의 수도 다마스쿠스에서
가장 크고 오래된 시장이었다.
누르의 배에서 커다랗게 꼬르륵 소리가 났다.
지난 한 달 동안 누르는 해가 뜰 때부터 질 때까지
어떤 음식도 입에 댈 수 없었다.

"엄마, 배가 고파요. 목도 마르고요.
왜 일부러 굶어야 하는지 모르겠어요."

이제 막 열한 살이 된 누르가 괴로워하면,
엄마가 말씀하셨다.

"귀여운 우리 딸, 이걸 알아야지.
배고픔을 견디며 기도할 때야말로
우리가 '알라'께 가장 가까이 가는 시간이란다."

이슬람교도들은
해마다 한 달 동안 라마단 기간을 정해서,

'해가 떠 있는 동안' 일절 음식과 물을 먹지 않는다.
어른들은 일하지 않고 아이들도 학교를 쉬면서,
해가 질 때까지 집 안에 조용히 머무르며
유일신인 알라께 기도를 올리거나
알라의 말씀이 적힌 코란을 읽으며 시간을 보낸다.
라마단을 통해
배고픈 사람들의 처지가 되어보고
인내와 자비를 배우는 것이다.

누르는 학교에 가고 싶었다.
친구들과 놀고도 싶었다.
하지만 빠끔히 커튼을 젖히고 밖을 내다볼 때마다
거리는 텅 비어 있었다.
모스크 주변만 사람들로 붐빌 뿐이었다.
누르는 어서 밤이 오기만을 바랐다.
밤이 되면 자유였다.
가게들이 문을 열고 사람들이 거리로 쏟아져 나왔다.
사람들은 그날 하루 배고픔과 목마름을
잘 참아낸 것을 기뻐하면서
달콤한 음식으로 실컷 배를 채우고 쇼핑을 했다.

누르는 낮의 고요함과 배고픔이 견딜 수 없이 싫은 만큼,
밤의 활기가 좋았다.
기뻐하는 사람들 무리에 섞여 걸으면
절로 콧노래를 흥얼거리게 되곤 했다.

시장 한복판에서 누르가 하늘을 올려다보았다.
오늘은 드디어 라마단의 마지막 날!
조금씩 하늘빛이 붉어지고 있었다.

'노을이 지고 있어! 이제 곧 밤이 올 거야!'

누르가 설레어하며 맛있는 음식 이름들을 중얼거렸다.

'내가 먹고 싶은 건
아이스크림, 석류 주스, 할와,
그리고 또….'

점점 더 많은 사람들이 시장에 모여들었다.
이제 어둠이 내리면,
라마단이 끝나는 것과 동시에

그것을 축하하는 '이드알피트르' 축제가
시작될 것이기 때문이다.
여느 해처럼 축제는 사흘 동안 계속된다.
사람들은 먹고 마시고 노래하면서
새 옷을 사고 선물을 준비할 것이다.
오늘 시장은 일 년 중
그 어느 때보다 활기로 가득 넘칠 것이다.

'하지만….'

누르는 시무룩해져 고개를 숙였다.
축제는 누르와 아무 상관이 없었다.
엄마는 누르에게 새 옷을 사줄 수가 없다고 하셨다.
특별한 음식도 준비하지 못할 거라고 하셨다.

"미안하다. 미안해."

그렇게 두 번 말씀하셨다.
힘없는 목소리였다.
엄마와 아빠는 올해 여느 때보다 많이 일하셨다.

그럼에도 축제를 위해 쓸 여윳돈은 없다고 하셨다.
누르에게는 오빠가 네 명이나 있었다.
대학생 오빠가 둘, 고등학생 오빠가 둘이었다.
부모님은 아무리 일을 많이 해도
오빠들 학비를 대고 나면 남는 것이 없다고 했다.

"내년에 큰오빠가 선생님이 되면 형편이 나아질 게다.
내년 축제에는 꼭 새 옷을 사주마."

아빠가 말씀하셨다.
부모님을 속상하게 하고 싶지 않아서,
새 옷 같은 건 필요 없다고 했다.
엄마가 몇 년 전 예쁘게 수놓아준,
지금 입고 있는 이 하나뿐인 히잡과 원피스가
세상에서 가장 좋다고 했다.
물론 진심은 아니었다.

누르는 시장의 옷 가게 앞에서
잠시 발이 다친 아이처럼 머뭇거렸다.
자신의 낡은 히잡을 만지작거리면서,

가게 출입구에 가득 매달린 새 옷들을 올려다보았다.
무지개처럼 찬란한 색감의 옷들이 뽐내듯
주렁주렁 걸려 있었다.
오늘 걸린 옷은 어제 옷과 또 달랐다.
어제 그 옷은 어디로 갔을까?
그 옷을 선물받은 아이는 얼마나 기뻤을까?
그 아이의 오빠는 벌써 선생님이 되었을까?
누르는 떨어지지 않는 발걸음을 억지로 돌렸다.
걸을 때마다 낡아서 얇아진 원피스가
다리 사이로 착착 감겼다.

'라마단 한 달도 이렇게 참기가 어려웠는데,
오빠가 선생님이 되기까지 일 년을 또 어떻게 기다려?'

쿵! 쿵! 쾅! 쾅!
어딘가에서 신나게 폭죽이 터졌다.
그것이 시작 신호인 양
여기저기서 폭죽이 터지기 시작했다.
누르의 심장도 쿵, 쿵, 쾅, 쾅, 뛰기 시작했다.
하늘에 오색 풍선들이

새 떼처럼 흩어져 둥실둥실 떠다니고 있었다.

'와, 정말 예쁘다!'

누르는 풍선을 향해 손을 뻗고 까치발을 해보았다.
폴짝폴짝 뛰어도 보았다.
턱없이 멀어 잡힐 리가 없었지만,
그래도 뛰는 심장을 진정시킬 수가 없어
몇 번 더 그렇게 했다.

⋮

해가 지고 어둠이 내렸다.
시장을 걷는 사람들의 수가
아까보다 몇 배나 더 많아졌다.
백 년도 더 된 이 거대한 시장에는
없는 것이 없었으므로,
축제를 맞이하는 사람들 모두 약속이나 한 듯
이곳으로 걸음을 재촉하는 모양이었다.
누르는 점점 달아오르는 축제 분위기에 휩쓸려 걸었다.
때때로 누르의 작은 몸이

몰려드는 어른들의 흥분한 발걸음에 밀려
중심을 잃고 흔들렸다.

시장은 수백 개의 골목을 감추고 있었다.
마치 미로처럼 한 골목을 나서면 또 다른 골목으로 이어졌고,
그 골목 끝은 또 다른 골목으로 이어졌다.
'알리바바와 40인의 도적들'에 나오는 골목이
꼭 이것처럼 생겼을 것이다.
누르는 골목마다 숨어 있는 상점들을 흥미진진하게 구경했다.
어떤 상점은 예쁜 꽃 화분이 놓인 나무 창틀을 지니고 있었고,
어떤 상점은 멋진 중정이 엿보이는 대문을
살짝 열어놓기도 했다.
누르는 라마단 기간 내내,
오늘처럼 오후만 되면 시장에 나왔다.
아무리 배고프고 목이 말라도,
시장 골목을 구경하는 동안만큼은
시간이 빨리 지나가는 것 같았기 때문이다.

골목 탐험은 언제나 시장 안쪽에 있는
'우마이야' 모스크에서 끝이 났다.

엄마는 그 모스크야말로 세상에서
가장 아름다운 모스크일 거라고 했다.
믿기는 힘들지만, 지은 지 3,000년도 더 되었다고 했다.
벽을 장식한 모자이크가
진짜 보석을 하나하나 박아 만들어졌고,
어둠을 밝히는 육백 개의 램프도 황금 램프라고 했다.

하지만 누르가 우마이야 모스크에 가는 것은
그런 화려함 때문이 아니었다.
그곳에서 자비로우신 알라의 뜻을 받들어
라마단 동안 가난한 이들에게
저녁 식사를 베풀기 때문이었다.
누르는 한 달 내내 어둠이 내릴 때마다
걸인과 고아와 병든 이와 함께
모스크 앞에 길게 줄을 섰다.
그리고 차례가 돌아오면
모스크의 너른 안뜰 귀퉁이에 쪼그리고 앉아
식판을 무릎에 올리고 저녁 식사를 먹었다.
종일 굶주린 몸에 맛있는 음식이 들어가면,
우마이야 모스크는 엄마의 말처럼

'세상에서 가장 아름다운 모스크'가 되었다.

누르는 걸음을 재촉했다.
모스크에 가서 줄을 설 시간이었다.
그러나 늘어난 인파 때문에 속도를 낼 수 없었다.
누르는 사람들 사이에 꽉 끼어
조금씩 밀리듯 모스크 방향으로 나아갔다.

"아얏!"

누군가 누르의 발을 밟았다.
신발 한 짝이 벗겨졌다.
누르가 얼른 손을 뻗었지만,
신발은 사람들 발길에 밟히고 차이며,
마치 시냇물에 떠내려가는 나뭇잎처럼
눈 깜짝할 사이에 멀어졌다.

"내 신발! 잠깐만요! 아아, 내 신발!"

신발은 길 가장자리까지 밀려나,

어느 상점 입구에 걸려 멈췄다.
누르는 가까스로 신발을 집어 들고
상점 유리벽에 기대어 섰다.
도저히 다시 인파 속으로 끼어들 엄두가 나지 않았다.
망설이며 뒤돌아 유리벽 안을 들여다보니,
세상에! 수십 개의 유리그릇에
새하얀 아이스크림이 담겨 있었다.
저 유명한 '바크다쉬' 아이스크림 가게였던 것이다.

오늘따라 가게의 불빛은 더 환한 것 같았다.
아이스크림에 피스타치오 가루를 묻힌 후
유리그릇에 채워넣는
아저씨의 손길이 여느 때보다 분주했다.
그는 활기찬 미소를 띠고
다른 종업원들에게 힘차게 지시를 내리고 있었다.
누르는 마법에라도 걸린 듯 유리벽에 바짝 달라붙었다.
차가운 유리창에 한쪽 뺨을 댄 채
수북이 쌓인 아이스크림에서 눈을 뗄 수가 없었다.
저 아이스크림은 금방 동날 것이다.
이렇게 파도처럼 사람들이 밀려들고 있으니까.

'오늘 사람들의 호주머니 속에는
아이스크림 값도 들어 있겠지?
축제가 시작되니까.'

라마단이 끝났으므로,
누르도 내일부터는 일어나자마자 물을 마시고
아빠가 구워준 얇은 빵을 먹을 수 있을 것이다.
하지만 점심에도 또 그 빵을 먹어야 할 것이다.
저녁에도 또 그 빵을 먹어야 할 것이다.
다음 날 아침에도….

아빠는 화덕에 얇은 빵을 구워 팔았다.
엄마는 옷감에 수를 놓아 돈을 벌었다.
동네 사람들은 아빠의 빵을 좋아했고,
엄마는 동네 여자들 중
가장 아름답게 수를 놓을 줄 알았다.
그래도 누르네 형편은 언제나 쪼들렸다.
엄마는 오빠들이 공부를 마치면 형편이 좋아질 거라 했지만,
그 또한 장담할 수 없는 일이었다.
엄마는 또 오빠들이 졸업한 후에

결혼할 비용이 없다며 한숨을 쉬곤 했으니까.

누르는 유리창 너머의 아이스크림을 보고 또 보았다.
자꾸 쳐다보면 그 달콤함을 느낄 수 있기라도 한 듯.
바크다쉬에서는 저 아이스크림을
무려 120년에 가까운 세월 동안 만들어왔다고 한다.
그동안 사람들이 먹어치운 아이스크림을 한데 모은다면
아마도 거대한 아이스크림 강을 만들고도 남을 것이다.
그 강가에서,
딱 한 모금만 아이스크림을 떠먹을 수 있다면,
그럴 수만 있다면,
그 대가로 모스크에서 받는 음식마저
식판째 줘버릴 수도 있다고 누르는 생각했다.
왜 모스크에서 나눠주는 음식에는 아이스크림이 없는 걸까?
어째서 자비로우신 알라께서는
가난한 이들도 한 번쯤 밥보다
아이스크림이 먹고 싶다는 걸 모르시는 걸까?

얼마나 오랫동안 아이스크림 꿈을 꾸고 있었는지 모르겠다.
유리창에서 뺨을 떼면서,

문득 누르는 시장의 천장에 걸린 시계를 보았다.

'앗, 이럴 수가! 늦었다!'

시계는 이미 모스크에 줄을 선 사람들이
안으로 들어간 시간을 가리키고 있었다.

'안 돼!'

온종일 꾹꾹 눌러둔 목마름과 배고픔이
해일처럼 몰려들었다.
누르는 달리기 시작했다.
그러나 마음뿐이었다.
인파는 더욱 많아졌고,
그 사이에 꽉 끼어 한 걸음도 내딛기 힘든 상황이었다.
하지만 포기하지 않았다.
쪼그라든 위장에서 남은 힘을 모조리 쥐어짜,
조그만 어깨를 최대한 날카롭게 하고
사람들 사이를 파고들었다.
이리 밀리고 저리 치이면서,

조금씩, 아주 조금씩 앞으로 나아갔다.

⋮

우마이야 모스크의 넓은 안뜰에는
빈 식판과 쓰레기만 흩어져 있었다.

'아아, 이럴 수가! 어떻게 이럴 수가!'

눈물 때문에 앞이 제대로 보이지 않았다.
배고픔 때문에 똑바로 서 있을 수조차 없었다.
누르는 모스크 정문 한구석에 그대로 쪼그려 앉았다.
기쁨에 젖은 축제의 인파가 끝없이 눈앞을 지나갔다.
오직 누르 혼자만 이 기쁜 세상에서
슬퍼하고 있는 것 같았다.

그때였다.

"얘, 너도 혼자니?"

여자아이였다. 온통 검은 차도르를 입고 있어서,

드러난 얼굴만 유독 희었다.
아이는 인파 속에서 빠져나와
모스크 안을 힐끗 들여다보더니,
별로 흥미롭지 않다는 듯 곧장 누르에게 다가왔다.
누르는 얼른 눈물을 훔치고 고개를 끄덕였다.
아이의 유난히 길고 숱 많은 속눈썹 아래
반짝반짝 빛나는 눈이 친근하게 느껴졌다.

"실은, 나도 혼자야."

검은 차도르는 누르 곁에 찰싹 붙어 앉아서
나란히 앞을 바라보았다.
요란한 폭발음과 함께 하늘이 훤해졌다 어두워졌다.
근처에서 불꽃놀이를 하는 것 같았다.
검은 차도르가 못 참겠다는 듯 일어섰다.

"우리 같이 다닐래? 축제잖아.
바보처럼 앉아서 구경만 해선 안 돼. 자, 일어나."

검은 차도르가 차도르 속에서 손을 내밀었다.

누르가 엉겁결에 그 손을 잡았다.

검은 차도르는 인파 속을 파고들며 말했다.

"참, 나는 달랄이야. 너는?"

"누르."

"반가워, 누르."

누르가 조금 수줍게 고개를 끄덕였다.

"그런데 누르, 이 시장에
유명한 아이스크림 집이 있다고 들었는데
혹시 어딘지 아니?"

"바…, 바크다쉬?"

"음, 그래. 거기! 알아?"

누르가 힘차게 고개를 끄덕였다.

"거기부터 가자.
너는 안내를 하고 나는 아이스크림을 사는 거야.
축제는 달콤한 거니까, 우리 달콤하게 시작하자고!"

⋮

바크다쉬의 환한 불빛 아래서 보니,
달랄의 차도르는 정말 훌륭한 것이었다.
엄마가 포목점에 가면 몇 번씩 만졌다가
도로 내려놓는 바로 그 최고급 실크였다.

'저 차도르에 엄마가 수를 놓는다면
아마 굉장한 작품이 탄생할 거야.'

누르는 달랄이 검은 차도르를 은은히 빛내면서
아이스크림을 두 그릇 가져오는 것을 바라보았다.
꿈만 같았다.
아이스크림 강가에서 딱 한 모금만 떠먹을 수 있기를
신께 기도했건만, 자비로운 신께서는 '진짜' 아이스크림을
그릇째 누르에게 선사해주실 모양이었다.
달랄은 아이스크림을 내려놓자마자

커다랗게 한 숟갈 떠서 입에 넣었다.
누르는 먼저 알라께 기도부터 올렸다.

'알라시여,
이게 꿈이라면 절대로 깨어나지 않게 해주세요.
절대로, 절대로, 절대로, 절대로!
그리고… 고맙다는 말 잊지 않을게요.'

떨리는 손으로 첫 숟갈을 입에 넣었다.
아아. 미처 깨닫기도 전에
누르의 눈에서 눈물이 후두둑 떨어졌다.
누르는 소매로 눈을 훔치면서
한 입 먹고 또 한 입 먹었다.
부드러웠다. 달콤했다.
아이스크림 강에 머리끝부터 발끝까지 담그고
헤엄치며 노니는 기분이었다.

"너 울보로구나. 아까도 울고 있었지?
내가 처음 말 걸었을 때 말이야."

누르가 부끄러운 듯 옷소매로 두 눈을 감췄다.

"괜찮아. 부끄러워하지 마.
이렇게 하루 종일 물 한 모금 못 마시게 하는데
눈물이 안 나면 이상하지, 안 그래?
아아, 드디어 라마단이 끝나서 얼마나 기쁜지 몰라.
그리고 이건 비밀인데, 실은 나도 울보야.
난 엄마가 안 계셔서 보고 싶을 때마다 우는걸.
하지만 너처럼 사람들이 보는 데선 울지 않아.
사람들이 보는 데서까지 울기 시작하면,
정말이지 하루 중 안 울 때가 거의 없을 거거든."

누르는 신기했다.
달랄이 말하면 슬픈 이야기도 그다지 슬프게 들리지 않았다.

"넌 여기 시리아에서 태어났니? 이곳 다마스쿠스에서?"

누르가 고개를 끄덕였다.

"난 작년에 이라크에서 왔어. 이라크의 수도 바그다드에서.

너도 알지? 이라크는 지금 정말 엉망이야.
미국과 전쟁이 끊이지 않으니까.
우리 엄만 바그다드 대학의 교수였어.
아주아주 좋은 분이었지.
예쁘고, 마음씨 곱고,
재미난 이야기도 얼마나 많이 알고 계셨다고.
아침마다 '달랄, 내 사랑하는 아기,
세상에서 가장 향기로운 보물!' 하며
나를 안아주셨어.
돌아가신 그날도 그렇게 날 안아주고 출근하셨지.
그런데… 집으로 돌아오실 수 없게 된 거야.
버스에 설치된 폭탄 때문에.
엄마 말고도 열아홉 명이나 그 자리에서 죽었다고 했어.
생각해본 적 있니?
'세상에서 가장 향기로운 보물!' 하고
널 안아주던 사람이 어느 날 갑자기 사라지는 걸?
안녕이란 인사도 없이."

달랄이 잠시 말을 멈췄다.
누르는 달랄이 울까 봐 조마조마했다.

달랄은 울지 않았다.

“이라크에선 텔레비전을 켜면
언제나 오늘은 몇 명이 죽었는가 하는 이야기뿐이었어.
내 친구의 가족들도 많이 죽었어.
매일 길거리에 쓰러져 있는 사람들을 보았지.
무섭고 끔찍했어.
아빠는 엄마가 돌아가신 뒤로 시리아에 올 준비를 하셨어.
사업도 정리하셨고.
아빠가 그러시는데,
이라크에서 아무나
시리아로 건너올 수 있는 건 아니라고 했어.
아빠에게 돈이 많았기 때문에 가능한 일이었다고.
난 자세한 건 알 수 없지만.”

달랄이 입술에 묻은 아이스크림을 냅킨으로 닦았다.
그리고 비밀을 털어놓듯
누르에게 얼굴을 가까이 대더니
작은 목소리로 속삭였다.

"그런데 말이지,
엄마가 돌아가신 뒤로 아빠는 변하셨어.
나를 학교와 모스크 외에는 아무 데도 못 가게 하셔.
이렇게 까만 차도르밖에 못 입게 하시고.
아빠는 내가 이런 복장을 할 때,
사람들이 나를 더 존중할 거라고 말씀하셨어.
알라께서 명하신 대로 옷을 입었기 때문에,
내가 신의 특별한 은총을 받아 더 아름다워지는 거래."

하지만 달랄은 아빠의 말씀을
잘 이해할 수 없다는 듯이
어깨를 으쓱해 보이고는 말을 이었다.

"엄마가 계셨을 때는 달랐어.
오늘처럼 라마단이 끝나고
이드알피트르 축제가 시작되는 날이면,
부모님이 나를 시장에 데리고 가서 맛있는 걸 사주셨어.
가장 예쁜 수가 놓인 원피스와 히잡도 새로 사주셨고."

누르가 입을 열었다.

"난 부모님과 한 번도 그런 걸 해본 적이 없어."

"정말? 그래도 네 히잡과 원피스는 너무나 예쁜걸?"

"우리 엄마는 수를 잘 놓거든.
이것도 직접 놓아주신 거야.
이젠 너무 낡아버렸지만… 예쁘다고 해줘서 고마워."

"진심이야. 내 눈엔 정말 예뻐 보여."

달랄은 믿어달라는 듯이 큰 눈을 더 크게 떴다.
그 모습이 귀여워 누르가 풉, 소리 내 웃었다.

"그런데… 아까 학교와 모스크 외에는
아무 데도 못 간다고 했잖아.
오늘은 어떻게 나왔어?"

"내 방 창가에서 하늘에 떠가는 오색 풍선을 보았어.
폭죽 소리도 들었고. 답답해 미칠 것 같았어.
'에라, 모르겠다.' 하고 아빠에게 쪽지를 써놓고 나왔지.

‘다마스쿠스에서 제일 큰 시장에 다녀올게요.
길은 잘 알고 있어요.
너무 늦지 않을 테니 걱정 마세요.’ 그렇게.”

달랄이 누르를 향해 윙크했다.

“쪽지는 그렇게 썼지만, 실은 네가 나를 안내해야 해.
난 이라크에서 왔으니, 당연히 이곳 지리엔 꽝이거든.”

누르가 문제없다는 듯 크게 고개를 끄덕했다.
그리고 이번에는 누르 자신에 대한 이야기를 들려주었다.
빵을 굽는 아빠 이야기, 수를 놓는 엄마 이야기,
네 명의 오빠들 이야기, 오빠들이 너무 커버려서,
부모님은 너무 바쁘셔서 외롭다는 이야기,
매일 똑같이 먹는 빵 이야기,
라마단 동안 쏘다녔던 시장 골목 이야기,
우마이야 모스크에서 먹었던 맛있는 저녁 이야기,
그리고 오늘 놓친 마지막 저녁 이야기,
그래서 울었던 이야기,
너를 만나 처음 먹는 아이스크림 이야기,

너에게 정말 고맙다는 이야기,
너를 만나 정말 기쁘다는 이야기….

이야기를 듣는 동안
달랄은 고개를 끄덕이기도 했고 한숨을 쉬기도 했다.
자신의 아이스크림 그릇에서
크게 한 순갈 퍼 누르의 그릇으로 옮겨주기도 했다.
마지막 한 방울까지 핥아 먹었을 때
둘은 어느덧 다정한 친구가 되어 있었다.
누가 먼저랄 것도 없이 서로의 손을 잡고 일어섰다.
달랄이 누르의 귀에 대고 속삭였다.

"우리… 더 재미있게 놀아볼래?"

"어떻게?"

"옷을 바꿔 입는 거야.
난 너네 엄마가 수놓아준
그 히잡과 원피스가 너무나 멋지다고 생각해.
한번 입어보고 싶어. 하루만이라도 말야."

"나도 네 차도르가 정말 멋지다고 생각했는데.
그래! 우리 그러자!"

둘은 아이스크림 집 화장실에서
낡았지만 화려한 히잡과 원피스,
그리고 완벽하게 부드러운
검은색 실크 차도르를 바꿔 입었다.
그리고 사람들의 물결 속으로 풍덩 뛰어들었다.

⋮

누르와 달랄은 제일 먼저 장난감 가게로 가서
히잡을 쓴 바비 인형들을 구경했다.
검은 차도르를 입은 바비 인형도 있었다.
둘은 서로의 옷차림을 닮은 인형을 가리키면서 깔깔 웃었다.
신발 가게에 가서는 분홍색 구두를 만져보았다.
보드라운 분홍 깃털에
반짝이는 분홍 유리 보석까지 달려 있는 구두였다.
둘은 홀린 듯 한참을 바라보았다.
그러다 달랄이 누르에게 속닥거렸다.

"우리 이거 한 짝씩 들고 튈까?"

누르는 얼굴이 발개진 채 주변을 둘러보았다.
달랄이 그 모습을 보고 깔깔거렸다.

할와 가게에서는
온갖 종류의 끈끈하고 달콤한 할와를 한 봉지 가득 담았다.
내내 들고 다니며 한 입씩 녹여 먹었다.
서로의 입에 넣어주기도 했다.
향신료 가게엔 다양한 향신료 가루들이
산처럼 수북하게 쌓여 있었다.
코를 잡아 뜯을 듯 강한 향내들이 근처에 진동을 했다.
유리공예 점에는 색 유리 램프들이 걸려 있었다.
다양한 색깔의 빛을 퍼뜨려,
주변에 화려한 무지개 조각들이 너울거렸다.
그릇 가게에는 거대한 접시들이 주렁주렁 매달려 있었다.
왕족에게나 어울릴 법한 문양의 접시도 있었다.

"아, 너무 예뻐!"

"아, 정말 아름다워!"

"누르, 저것 좀 봐!"

"어머, 달랄, 이것 좀 봐!"

심장이 두근거릴 만큼 아름다운 것들을 만날 때마다
소녀들은 서로의 팔을 꼭 잡거나 어깨에 기대면서
오래오래 가게 앞에 서 있곤 했다.
골목마다 새로운 물건들이 펼쳐졌다.
둘은 밤이 깊어가는 줄도 모르고
골목에서 골목으로 걸어 다녔다.

⋮

"아, 뭘 좀 마시자. 목말라."

달랄이 걸음을 멈춘 곳은
다시 우마이야 모스크 정문 앞이었다.
석류가 수북이 쌓인 나무 수레 위에
역시 나무로 만든 큼직한 압축기가 있었다.

주스 만드는 아저씨가 석류의 반을 갈라
압축기에 올려놓고 꽉 눌러 짜면
아래쪽 병 속으로
달콤하고 신선한 석류 과즙이 주르륵 채워졌다.
사람들이 줄을 서서 차례를 기다리고 있었다.
달랄과 누르는 그 줄의 맨 끝에 섰다.

"행복한 저녁이었어!"

달랄이 행복해 못 견디겠다는 듯
함박웃음을 지으며 누르를 바라보았다.
누르는 대답처럼 달랄의 손을 꼭 잡았다.
소녀들은 생글생글 웃으며 줄이 짧아지기를 기다렸다.

마침내 석류 주스가 담긴 유리잔을 하나씩 손에 쥐었다.
너무나 시원하고 달콤한 주스였다.
말없이 벌컥벌컥 들이켰다.
바로 그때, 커다란 손이 누르의 어깨를 움켜쥐고 돌려세웠다.
동시에 거칠게 뺨을 후려쳤다.
누르가 길에 쓰러졌다.

유리잔이 돌바닥에서 산산조각이 났다.
붉은 석류 주스가 얼굴에 튀어,
누르의 얼굴은 마치 피투성이가 된 것 같았다.

"아빠! 무슨 짓이에요!"

달랄이 비명을 질렀다.
누르는 간신히 정신을 차리고
자신을 때린 사람을 올려다보았다.
검은 양복을 입은 신사였다.
유난히 길고 숱 많은 속눈썹이 달랄과 꼭 같았다.

"미, 미안하다.
나, 나는… 내가 사다 준 차도르를 입고 있기에…
뒷모습이 너무 똑같아서… 정말 미안하다."
달랄의 아빠가 얼른 누르를 일으켜주었다.
그의 이름은 압둘이었다.

"괜찮니?"

누르가 벌겋게 손자국이 생긴 뺨을
두 손으로 감싸며 고개를 끄덕였다.
압둘이 양복 가슴 주머니에서 손수건을 꺼내
누르의 얼굴을 닦아주었다.
달랄이 원망스런 목소리로 아빠에게 물었다.

"아빠가 여긴 어쩐 일이세요?"

"그걸 몰라서 묻니!!!"

달랄이 흠칫 놀라 고개를 숙였다.

"네 시간째 너를 찾아 헤매고 있었다!
말도 없이 쪽지만 남기고 사라지다니!
이 시장이 세상에서
가장 복잡한 미로 같은 곳이란 걸 몰랐어?
그것도 가장 혼잡한 축제 첫날에 말이다!"

압둘의 콧수염 속에 가려진 윗입술은
분노 때문에 조금 떨렸다.

“쯧쯧, 게다가 옷차림 꼴하고는!
신께 부끄럽지도 않니?
어찌 된 연유인지는 묻지 않겠다.
어서 갈아입고 집으로 가자!”

그가 달랄의 팔을 거칠게 낚아채 앞장섰다.
누르가 쭈뼛쭈뼛 그 뒤를 따랐다.
압둘은 누군가에게 휴대폰으로 전화를 걸었다.

“찾았어. 입구에 차를 대놓게.”

⋮

그들이 시장 입구에 다다르자,
검은 자동차가 기다리고 있었다.
누르는 그렇게 번쩍이는 새 자동차를 처음 보았다.
운전사가 압둘을 발견하자
얼른 자동차의 뒷문을 열었다.
압둘이 소녀들에게 명령했다.

“밖에서 기다리겠다.

얼른 차 안에 들어가 옷 바꿔 입어!"

소녀들이 멈칫거리며 차 안으로 들어갔다.
밖에서 안이 보이지 않는 유리창이었다.
누르가 차도르를 벗으려 하자,
달랄이 누르를 와락 끌어안았다.

"벗지 마! 나 엄마가 돌아가신 뒤로
오늘처럼 즐거워해본 적이 없어.
너만 괜찮다면, 이 옷을 네게 주고 싶어. 우정의 표시로.
이렇게 서로의 옷을 입은 채 헤어지고 싶어.
가서 네 엄마께 예쁘게 수를 놓아달라고 해."

"하지만…."

"아빠에겐 내가 알아서 잘 말할게."

"그래도…."

달랄이 끌어안았던 팔을 풀었다.

누르를 똑바로 쳐다보며
한 마디 한 마디 꼭꼭 씹듯 말했다.

"걱정 마. 내가 몰래 빠져나와서 그렇지,
우리 아빠 그렇게 무서운 분 아니야.
내가 잘 말씀드릴 수 있어."

달랄이 누르의 부어오른 뺨에 손을 가져다 댔다.

"…많이 아팠니?"

누르가 대답했다.

"괜찮아."

엄마가 돌아가신 얘길 하면서도 울지 않던 달랄의 눈에
눈물이 괴는 듯했다.
누르가 얼른 한 번 더 힘주어 말했다.

"괜찮아. 정말이야."

"우리 아빠가 정말 잘못했어.
앞으로 널 만날 때마다 사과하게 만들 테야."

달랄이 또 누르를 안았다.
그리고 이내 밝아진 목소리로 말했다.

"오늘 정말 고마웠어."

⋮

차 문이 열리고 두 소녀가 내렸다.
옷차림은 그대로였다.

"뭐야? 너희들, 안 바꿔 입었…?"

압둘은 분노로 가득 차 차마 말을 끝맺지 못했다.

"아빠. 제가 설명해드릴게요.
화내지 마시고, 제발 제 말 좀 들어보세요."

달랄이 대담하게 압둘 앞으로 한 걸음 다가섰다.

"저 실크 차도르는 오늘 제가 저 아이…
그러니까 제 친구 누르에게 주는 선물이에요.
누르의 집은 형편이 좋지 않고 누르에겐 새 옷이 필요해요.
오늘은 라마단의 마지막 날이고,
내일부터 시작되는 이드알피트르 축제 기간엔
어려운 이웃을 잘 보살피라고 알라께서 말씀하셨잖아요."

압둘이 멈칫했다.
그는 알라의 말씀이라면 언제나 멈칫했다.
달랄은 좀 더 용기를 내기로 했다.

"사실 시리아에 온 뒤로 저는 참 외로웠어요.
이라크의 친구들과는 모두 헤어졌고….
그래서 라마단 기간 내내 알라께 열심히 기도했어요.
이번만큼은 엄마가 살아 계실 때처럼
즐거운 축제가 되게 해달라고.
엄마를 되돌려주실 수 없다면, 축제라도 되돌려달라고요.
그리고 오늘, 자비로운 신께서 누르를 만나게 해주셨어요.
덕분에 엄마가 살아 계실 때처럼
실컷 즐거운 시간을 보냈어요.

그러니 아빠… 이쯤에서 그만 자비를 베푸세요."

달랄이 압둘 앞으로 또 한 걸음 다가섰다.
누르는 가슴이 조마조마했다.

"생각해보세요.
엄마가 돌아가시기 전에 저는 언제나 이런 옷차림이었어요.
그런데 아빠가 갑자기 검은 차도르로 바꿔버린 거예요.
그게 절 얼마나 슬프게 하는지 생각해보셨나요?
저는 엄마도 잃고, 예쁜 옷도 잃고, 즐거운 생활도 잃고,
아빠도… 아빠마저 변하고… 다 잃은 거라고요.
저는 엄마가 돌아가신 게 싫은 만큼 검은 차도르도 싫어요!
만약 아빠가 오늘 제 부탁을 들어주시지 않는다면
아빠마저 싫어할지도 몰라요!"

폭풍처럼 한꺼번에 말을 쏟아내고서 달랄이 숨을 헐떡였다.
압둘이 호통이라도 치려는 듯 입을 크게 벌렸다.
누르의 심장이 콩알만 해졌다.
하지만 압둘은 당돌한 딸의 얼굴을 내려다보기만 할 뿐,
할 말을 찾지 못했다.

"후유…."

압둘이 크게 한숨을 쉬었다.
그리고 깊이 생각에 빠진 얼굴이 되었다.
한참 만에 그가 누그러진 음성으로 말했다.

"못하는 말이 없구나. 여자들이란….
상대방이 할 말을 찾지 못할 때까지 또박또박
따지고 드는 모습이 어쩜 저리도 제 엄마를 닮았는지…."

압둘은 잠시 간격을 두었다가 천천히 입을 열었다.

"달랄, 사랑하는 내 딸아. 네 말은 잘 알아들었다.
그럼 이제 너도 한번 내 말을 들어봐라.
이슬람 여성들의 복장에 대해서 말이야.
너는 왜 이슬람 여성들이
머리에 히잡을 쓰는 건지 알고 있지?"

"네. 알라의 말씀을 따르기 위해서요."

"그래. 옳은 말이다.

히잡은 자유의 상징과도 같은 거야.

다른 종교를 가진 사람들이 말하는 것처럼

여성들을 구속하기 위해서가 아니란다.

한번 생각해보렴.

모든 여성은 서로 다른 외모를 지니고 있지?

어떤 여성은 매우 아름다운 외모를 가졌고,

어떤 여성은 그 반대란다.

히잡은 그러한 차이를 눈에 띄지 않게 하면서

모든 여성이 히잡 안에서 똑같이

고귀하고 아름답게 보일 수 있도록 하는 알라의 은총이야.

마찬가지로, 검은 차도르로 몸을 가린 여성에게는

누구도 외모를 보고 섣부른 판단을 하지 않게 되지.

알라께서 명하신 것을 충실히 따르고 있기 때문에,

남성들은 그런 옷차림을 한 여성을 더 존중하게 되는 거야.

외모로 판단하는 게 아니라, 내면을 바라보게 되는 거지.

내면을 아름답게 하는 일에 더 많은 노력을 쏟는 여성들은,

그래서 실제로 시간이 흐를수록

한껏 화려하게 치장한 여성보다 점점 더 아름다워진단다.

달랄, 내 말을 이해할 수 있겠니?"

달랄이 총명한 눈으로 압둘을 올려다보았다.

"솔직히 아빠 말씀을 다 이해할 수는 없어요.
하지만 곰곰이 생각해볼게요."

압둘이 달랄의 어깨에 부드럽게 손을 얹었다.

"그래, 우리 오늘은 이쯤만 하도록 하자.
둘 다 한 발짝씩만 양보하기로."

압둘이 운전사에게 일렀다.

"모하멧, 시동을 걸게.
누르를 먼저 집에 데려다주고 우리 집으로 가세."

소녀들에게도 말했다.

"자, 너희들도 어서 차에 타라. 여기까지다!
더 이상의 말썽은 없는 거야."

운전사가 소녀들을 위해 뒷문을 열어주었다.
소녀들이 냉큼 뒷좌석에 자리 잡았다.
그러나 압둘은 곧바로 차에 올라타지 않았다.
밤하늘을 바라보며 크게 한숨을 지었고,
다시 고개를 좌우로 저었다.
그러고 나서야 조금 씁쓸한 얼굴을 하고
운전사 옆좌석에 앉았다.

누르가 달랄에게 소근거렸다.

"너희 아빠도 너처럼 엄마를 그리워하시는 걸 거야."

"네가 어떻게 알아?"

"우리 아빠는 엄마가 있는데도 가끔 저런 표정을 짓거든.
그럴 때 엄마가 끌어안아주면
언제 그랬냐는 듯이 얼굴이 환해져."

"…정말?"

달랄은 망설이지 않고 뒷좌석에서 몸을 뻗어
압둘을 끌어안았다.
누르의 아빠처럼, 압둘의 얼굴도 환해졌다.

'누르의 말이 맞았어.
아빠도 결국 엄마가 그리웠던 거야.
내 마음과 똑같이.'

달랄은 아주 오랜만에 아빠가 가깝게 느껴졌다.
앞으로 엄마에 대한 그리움이 커질 때마다
아빠를 더 자주 안아드려야겠다고 결심했다.

달랄이 포옹을 풀고 뒷좌석으로 돌아가자,
운전사가 차를 출발시켰다.
소녀들은 찰싹 붙어 앉은 채 서로의 손을 단단히 잡았다.
그렇게 손을 잡고 있으니 자꾸만 배시시 웃음이 나왔다.
이제부터는 즐거운 일들만 일어날 것 같은 예감이 들었다.
둘이서 머리를 맞댔다.

누르가 조그맣게 말했다.

“최고의 밤이야.”

달랄의 히잡이 끄덕끄덕했다.

축제의 불꽃이
밤하늘에서 해바라기처럼 피어올랐다.

뚜미와 흰 얼굴

아마존

우리의 마음 속에는
'같은 것'이 있다.

인종, 종교, 국적과 상관 없이.
먼 곳에 계시는 어머니에게 느끼는 그리움,
강아지를 안을 때 꽉 차오르는 가슴,
해 질 녘 귀가하여 외투를 벗을 때의 안도감…

그런 '같은 것'들.

같은 것을 찾아내는 순간을
우리는 '공감'이라고 부른다.
같은 것을 찾아내는 노력을
우리는 '평화'라고 부른다.

그러므로 핵폭탄보다 더 강력한,
세상에서 가장 큰 힘은 공감하는 힘이다.
지구에 평화를 가져다주는 힘.
인종과 종교와 국적을 넘을 뿐 아니라,
북극곰과 상수리나무에게까지 동등하게 도달하는
지속가능한 평화를.

깊숙한 정글 속,

마티스 부족 사람들이 마을 한가운데에 모여 있었다.

주름살 가득한 노인에서부터 엄마 품에 안긴 꼬마까지

둥그렇게 앉아 뚜미의 할머니를 지켜보고 있었다.

뚜미의 할머니가 독 개구리 곁으로 다가갔다.

뚜미가 살고 있는 아마존 정글에서

흔히 볼 수 있는 독 개구리였다.

개구리는 산 채로

네 다리 모두 실에 묶여 쫙 벌려져 있었다.

할머니가 개구리 피부에서 독을 긁어모았다.

그릇에 독이 어느 정도 모이자, 개구리를 놓아주었다.

독 개구리가 잠시 어리둥절하고 있다가

'걸음아 날 살려라.' 하고 풀쩍 뛰어 달아났다.

여느 때 같으면 부족의 꼬마들이

그 모습을 보며 웃었겠지만 오늘은 웃지 않았다.

이제 곧 진지한 의식이 시작될 거라는 걸 알기 때문이었다.

마티스 부족의 '독 개구리 의식'이 바로 그것이었다.

뚜미의 할머니 바로 앞에는
여섯 명의 마티스 부족 젊은이들이 있었다.
남자가 넷, 여자가 둘이었다.
그들은 한 줄로 나란히 앉아
할머니의 동작 하나하나를 신중하게 바라보았다.
곧 벌어질 일을 몹시 고대하는 얼굴이었다.

할머니는 부족에서 가장 나이가 많은 어른이었다.
사람들은 궁금한 것이 있거나
의논할 것이 있을 때마다 할머니를 찾았다.
그리고 할머니가 조언해주는 것을 따랐다.
할머니는 정글 속 셀 수 없이 많은
식물들의 쓰임새를 다 알고 계셨다.
어떤 나무가 언제쯤 열매를 맺는지,
어떤 것이 독초이고 어떤 것이 약초인지,
약초 중에서도 어떤 것이 눈에 좋고
어떤 것이 배앓이에 좋은지
모든 것을 알고 계셨다.
뿐만 아니었다.
마티스 부족의 전설도, 이웃 부족의 전쟁 이야기도,

저 멀리 아마존 밖에 사는
'얼굴 흰 사람들'의 이야기까지 알고 계셨다.
말하자면 뚜미의 할머니는
마티스 부족의 선생님이자, 상담사이자, 의사였다.

할머니가 모아둔 독에 침을 뱉었다.
막대기로 잘 저어 침과 독을 섞었다.
이번에는 모닥불에서 끝이 그을린 나뭇가지를 들어 올렸다.
그것으로 네 남자 팔뚝에 뜨거운 점을 세 개씩 찍었다.
두 여자에게는 배에 두 개씩 점을 찍었다.
뜨거운 점이 찍힐 때마다
젊은이들이 살짝 얼굴을 찡그렸다.
뒤이어 할머니가 침과 섞은 독을,
방금 생긴 뜨거운 상처에 갖다 댔다.
이제 독은 상처를 통해 몸속에 쉽사리 퍼질 것이다.

여섯 남녀가 모두 눈을 감았다.
곧 정신이 몽롱해지고, 쿵쿵쿵 거칠게 가슴이 뛰고,
먹은 것을 모조리 토해낼 것이다.
고통을 견디는 동안 인내심과 힘이 생겨날 것이다.

남자들은 무적의 사냥꾼으로,
여자들은 부지런한 일꾼으로 거듭날 것이다.
그것이 마티스 부족이 독 개구리 의식을 행하는 목적이었다.

⋮

이 흥미진진한 의식에 관심이 없는 건 뚜미뿐이었다.
열한 살 소년 뚜미는 할머니 옆에
예의 바르게 앉아 있는 그 남자만 쳐다보고 있었다.

'얼굴 흰 남자'.

둥그렇게 모인 사람들 가운데
그 남자 혼자서 옷을 입고 있었다.
주머니가 주렁주렁 달린 옷에
가죽 신발, 가죽 허리띠까지 맸다.
다른 사람들은 누구도 옷을 입지 않았다.
마티스 부족은 대대로 식물 줄기를 엮은 끈을
허리나 가슴에 둘러 장식할 뿐,
옷으로 몸을 가리지 않았다.
정글에서 살아가는 데 옷은 거추장스러울 뿐이다.

재규어나 침팬지를 보라.

그들도 옷 같은 건 안 입지 않는가?

흰 얼굴의 남자는 부지런히 손을 놀리고 있었다.

그의 손에 있는 것은 펜과 종이라고 했다.

펜으로 쓰는 것은 문자라고 했다.

마티스 부족에게는 문자도 종이도 없다.

그래서 뚜미는 그가 하는 일을 정확히 알 수는 없지만,

그가 마티스 부족에 대한 이야기를

시시콜콜 종이 속에 넣어두고 있다는 걸 눈치챌 수 있었다.

흰 얼굴은 독 개구리 의식 역시

신중히 관찰하면서 종이에 담고 있었다.

그는 마티스 부족이

어떻게 아마존에서 살아가는지를 배우러 왔다고 했다.

그래서 마티스 부족이 먹는 법, 사냥하는 법, 집 짓는 법 등을

자꾸만 묻고 알아내려 했다.

뚜미의 할머니는 흰 얼굴을 좋아했다.

그래서 머물 집도 한 채 내어주고

오늘처럼 부족 의식에도 참여하게 해주었다.

이상한 일이었다.

할머니는 언제나 얼굴 흰 사람들을 멀리 하라 하셨었다.
얼굴 흰 자들이 이곳 아마존에서
나무를 베어갔고 금을 캐갔다고.
총을 들여왔고 병도 들여왔다고.

생각이 거기 미치자,
뚜미는 아랫입술을 앙 깨물었다.
뚜미의 엄마도 '감기'에 걸려 돌아가셨기 때문이다.
감기는 얼굴 흰 사람들의 병이다.
그들이 오기 전까지 마티스 부족은
조상 대대로 한 번도 감기에 걸린 적이 없었다.
그래서 감기에 대한 저항력도 없었다.
엄마뿐 아니라 부족의 여러 명이 감기 때문에 죽었다.
엄마는 몹시 몸이 뜨거워져서 누운 채
뚜미의 이름을 불렀다.
하지만 뚜미는 엄마 곁에 갈 수가 없었다.
엄마 곁에 가면 병이 옮을 거라며
할머니가 뚜미를 꼭 끌어안고 놓아주지 않았기 때문이다.
엄마에게 가겠다며 울고 또 울었지만 소용없었다.
그런 할머니가, 얼굴 흰 자들이 위험하다는 걸

누구보다도 잘 알고 있는 분이
어째서 저 남자를 우리 부족 안으로 들인 걸까?

"그는 총을 들고 나타난 다른 얼굴 흰 자들과는 달라."

할머니는 말씀하셨지만,
그가 들고 있는 펜이 총보다 안전하다고
어떻게 확신할 수 있는 걸까?
뚜미는 흰 얼굴이 종이 위에 문자를 적어나가는 과정을
매우 의심스럽게 노려보았다.

⋮

뚜미의 누나, 뚜메는 얼굴 흰 남자와 가까이 서 있었다.
누나는 오늘 노란 꽃을 양쪽 귀에 꽂았다.
단연 부족 여자들 중 가장 아름다웠다.
누나는 뚜미가 기억하는 엄마의 모습과 꼭 같았다.
얼굴만 아름다운 게 아니라 마음도 아름다웠다.
요리 솜씨도 좋았으며,
목걸이나 팔찌 같은 공예품도 뚝딱 잘 만들었다.
무엇보다도 뚜미에 대한 일이라면 지극정성이었다.

숲에서 가장 맛있는 열매를 따다
뚜미의 입에 넣어주었고,
가장 멋진 머리띠를 만들어 뚜미 머리에 둘러주었으며,
뚜미가 울 때면 강물처럼 부드럽게 어르고 달래주었다.
엄마가 돌아가신 뒤로, 뚜메는 뚜미에게 엄마 대신이었다.

사실 뚜메가 아니었다면
뚜미는 지금 살아 있지도 못했을 것이다.
엄마가 돌아가신 뒤
뚜미가 똑같은 증세를 보이며 앓기 시작했을 때,
뚜메는 할머니가 말리는 것도 아랑곳하지 않고
밤낮으로 뚜미를 안았다.
뚜메는 할머니에게 사정했다.

"방금 엄마를 잃었는데,
이렇게 아프기까지 하니 너무 가엾잖아요.
제발, 제가 돌볼 수 있게 해주세요."

뚜메는 새벽마다 차가운 강물에 들어가 몸을 얼렸다.
그리고 뚜미를 안아줘 열을 내리게 했다.

누나의 지극정성 덕분이었는지, 뚜미는 살아남았다.
사람들은 뚜메가 뚜미를 살렸다고 했다.

그런 뚜메가 흰 얼굴 가까이에 서 있었다.
독 개구리 의식보다 흰 얼굴을 더 자주 쳐다보면서.
뭐가 부끄러운지 누나의 빰은 발그레해졌다.
빰이 발그레해질 때면
뚜메는 괜스레 머리카락을 만지작거렸다.
바로 지금처럼 저렇게.
뚜메는 머리카락을 만지다
노란 꽃을 만지다 다시 머리카락을 만졌다.

'좋지 않아.'

뚜미가 고개를 가로저었다.

'누나가 흰 얼굴을 자꾸 쳐다보는 건,
게다가 저렇게 얼굴이 빨개지는 건,
정말 좋지 않은 징조야!'

뚜미는 다시 아랫입술을 앙 깨물었다.

'흰 얼굴 같은 건 빨리 자기가 원래 있던 곳으로
꺼져줬으면 좋겠어!'

의식에 참여한 젊은이 가운데 몇몇이 토하기 시작했다.
할머니는 토를 많이 할수록 좋다고 했다.
속이 깨끗이 비워지니까.
토한 뒤 잠이 들고,
잠에서 깨어나면 머릿속도 깨끗이 비워져 있을 거라고 했다.
깨끗이 비워진 몸에 재규어의 영혼이 스며들 거라고.
재규어의 영혼은
젊은 남자들을 더 훌륭한 사냥꾼으로 만들어줄 거라고.
숲속의 작은 부스럭거림도 재규어처럼 놓치지 않을 것이고,
재규어처럼 민첩하게 정글을 누빌 것이며,
그들의 활은 정확히 목표물에 명중할 거라고.
여자들 또한 매우 강해질 것이다.
며칠씩 먹지 않아도 배고픔을 느끼지 않은 채
열매를 따거나 뿌리를 캘 수 있을 것이다.

여섯 젊은이들이 깊은 꿈속에 빠져들었다.

흰 얼굴이 적는 것을 멈추고 일어섰다.

뚜미의 시선을 느꼈는지, 뚜미를 향해 미소 지었다.

"퉤!"

뚜미는 보란 듯이 침을 뱉고 혼자 강가로 뛰어갔다.

뚜미가 바구니에서

아와카 잎 덩어리를 꺼내 강물에 풀었다.

아와카 잎이 물에 퍼지면

물고기들이 신선한 산소를 찾아

수면 위로 고개를 내밀 것이다.

그때 물속을 걸어 다니며

손으로 고기를 움켜잡아 바구니에 넣으면 된다.

바늘이나 그물을 쓰지 않는

마티스 부족만의 독특한 낚시 법이다.

"우리 마티스 부족의 조상님들은 아주 현명하신 분들이지.

이렇게 쉽게 물고기 잡는 법을 알아내셨으니."

할머니는 자랑스럽게 말씀하시곤 했다.

뚜미가 다섯 마리쯤 잡아 바구니를 채웠을 때,
또래 소년들이 강가로 몰려들었다.
독 개구리 의식이 완전히 끝난 모양이었다.
소년들이 물속으로 뛰어들어 함께 물고기를 잡기 시작했다.
친구 비냐가 물고기를 잡으려다 놓쳤다.
어른 팔뚝만큼 큰 물고기였다.
뚜미가 냉큼 그것을 들어 올렸다.
한 팔로 꿈틀거리는 물고기를 꼼짝 못하게 끌어안고서,
나머지 손으로 살려달라고
빠끔대는 주둥이에 주먹을 들이밀었다.
아이들이 깔깔거렸다.
다들 자기가 잡아 올린 물고기 주둥이를
주먹으로 틀어막는 장난을 시작했다.
그러나 뚜미처럼 주먹이 입에 들어갈 만큼
큰 물고기를 잡아 올릴 수 있는 아이는 많지 않았다.

사실 낚시뿐이 아니었다.
달리기도, 나무 타기도,

부족 아이들 가운데 뚜미가 가장 뛰어났다.
사람들은 뚜미가 훌륭한 사냥꾼이 될 거라고 했다.
돌아가신 뚜미의 할아버지도 최고의 사냥꾼이었고,
아버지도 지금 부족 최고의 사냥꾼이기 때문이다.
사람들은 뚜미네 집안 남자들에게
재규어의 특별한 혼이 깃들었다고 믿었다.
뚜미 또한 그 사실을 믿어 의심치 않았다.
이른 아침 아마존강 위로
불덩어리처럼 떠오르는 태양을 볼 때마다,
가슴 속에서 재규어의 혼이 활활 타오르면서
머리끝까지 힘이 솟구치는 것을 느꼈다.

아이들이 물고기로 가득 찬 바구니를
강둑에 가져다 놓았다.
도로 강물에 뛰어들며 잠수 놀이를 시작했다.
컴컴한 물속에서 숨을 참은 채
서로의 몸을 간질이는 일은 언제나 재미있었다.
때때로 아이들이 물 위로 얼굴을 내밀며
참았던 웃음을 터뜨리곤 했다.
그런데 비냐가 갑자기 웃음 대신 비명을 터뜨렸다.

"으악!"

둘 중 하나다. 악어 아니면 피라냐.
뚜미가 비냐를 강둑으로 끌어 올렸다.
다행히 피라냐였다.
물속에 이렇게 사람이 많을 때 다가오는
바보 악어는 없으니까.
피라냐를 식인 물고기라고 부르는 사람들도 있지만,
사실 아마존 유역의 사람들은
심심찮게 피라냐에게 물리곤 한다.
떼로 덤비지만 않으면 크게 문제될 것은 없다.
늘 엄살 많은 비냐만 이렇게 오두방정을 떨 뿐.

"에구구! 에구구! 비냐 죽는다! 비냐 죽어!"

아닌 게 아니라 피라냐가
비냐의 발목을 꽉 물고 있기는 했다.
피라냐는 본래 작은 몸에 비해
크고 흉측한 이빨을 지니고 있는데,
이번 역시 그 이빨을 최대한 깊숙이 박아넣은 모양이었다.

물고기인 주제에 강둑에 올라와서까지
발목을 물고 늘어지는 걸 보면.
하지만 뭘 이 정도 가지고 비명씩이나.
뚜미가 얼른 맨손으로
피라냐의 머리를 내리쳐 기절시켰다.
그리고 살살 달래듯 죽은 머리를 비틀어 이빨을 빼냈다.
비냐의 발목에 이빨 자국이 선명했고
거기서 피가 흘렀다.
하지만 용사들이 살고 있는 아마존 유역을 통틀어
이 정도 상처에 눈물을 흘릴
열한 살 남자아이는 엄살쟁이 비냐밖에 없을 것이다.

"에구구, 에구구, 비냐 죽네! 비냐 아파 죽어!"

마티스 부족은 어떻게 하면 우는 사람을
웃게 할 수 있는지 잘 알고 있었다.
아이들이 한꺼번에 비냐에게 덤벼들어
간지럼을 태우기 시작했다.
비냐가 헐떡거리며 외쳤다.

"에구구! 에구구! 비냐 죽네! 비냐 웃겨 죽어!"

:

뚜미가 물고기 바구니를 오두막 앞에 내려놓았다.

"다녀왔습니다."

"그래. 많이 잡았니?"

아버지는 화살 총을 손질하고 계셨다.
내일 사냥을 나가실 모양이었다.

화살 총은, 얼굴 흰 자들이 총을 들여오기 전까지
아마존에서 가장 강력한 무기였다.
기다란 나무 관에 화살을 넣고 불어서
목표물을 넘어뜨리는 것.
물론, 이때 화살촉에는 반드시 독을 묻힌다.
아버지가 지금 매만지는 화살 총은
아버지의 키를 두 배도 훌쩍 넘기는,
마티스 부족의 화살 총 중에 가장 거대한 것이다.

언젠가 아버지가 화살에 독을 묻히며 말씀하셨다.

"이 독은 원숭이를 단번에 죽일 만큼 강하진 못해.
하지만 원숭이의 숨통을 마비시키기엔 충분히 강력하지.
다시 말하면, 숨을 못 쉬게 해서 죽이는 거야.
한번 생각해봐라.
네가 화살 총을 불 때, 어디에 가장 힘을 모아야겠니?
맞아. 역시 숨통이야. 가장 강력한 숨을 내뱉어야 하니까.
그래야 저 높은 나무 꼭대기에 숨어 있는 원숭이를
이 거대한 관을 통해 맞출 수 있겠지?"

아버지는 뚜미의 눈을 똑바로 들여다보며 말을 이었다.

"숨통과 숨통의 대결이야.
그래서 진정한 사냥꾼은 숲에서 숨을 쉴 때,
재규어의 영혼으로만 숨을 쉰단다."

아버지가 손질을 마치고
화살 총을 제자리에 두러 오두막에 들어가셨다.
뚜미는 졸졸 뒤따랐다.

아버지가 집안의 가보를 두는 자리,
즉 서까래 위에 화살 총을 얹으셨다.
뚜미는 몸이 바짝 닳았다.
너무나 사냥에 따라나서고 싶었다.
서너 살 때부터 밤마다
그 화살 총을 올려다보며 잠이 들었다.
꿈속에서는 독화살을 장전한 화살 총을 들고 다니며
정글의 모든 동물들을 호령했다.
그리고 아침에 눈을 뜨면,
제일 먼저 서까래 위 화살 총이 보였다.
마치 천장 한가운데에
세상에서 제일 맛있는 음식을 매달아놓고
쳐다만 보는 것처럼 애간장이 탔다.
대체 언제 사냥에 나갈 수 있을까?
언제 저 화살 총을 잡아볼 수 있을까?
아버지의 대답은 한결같았다.

"열다섯 살이 되어 용사의 문신을 하면,
그때 첫 사냥을 나가도록 하자."

뚜미가 서까래를 올려다보며 입맛을 다시는데,
부엌 쪽에서 키득대는 소리가 들렸다.
누나의 웃음소리였다.
남자의 웃음소리도 뒤따랐다.
뚜미는 냉큼 부엌으로 갔다.

"오, 뚜미! 잘생긴 꼬마 사냥꾼!"

흰 얼굴이었다.
그는 언제나, 누구에게나
저렇게 듣기 좋은 말로 알랑방귀를 뀐다.
누나에게도 여태 알랑방귀를 뀌고 있었겠지?
누나의 뺨이 또 붉다.
또 머리카락을 만지작거리고 있다.
재수 없는 녀석.
뚜미는 들은 척도 않고,
누나에게 부러 싫은 소리를 했다.

"내가 물고기를 잔뜩 잡아왔는데,
누나는 몇 마리인지 보지도 않아?"

뚜메가 낚시 바구니를 챙기러 나갔다.
휴, 일단 둘을 떼어놓는 데 성공.
뚜미는 아버지의 대나무 통을 챙겼다.
독을 담는 통이다.
내일 사냥에 필요하실 테니 챙겨드려야지.
흰 얼굴이 큰 관심을 보이며 바짝 다가왔다.

"이게 바로 사냥할 때 쓰는 독이로구나!
구경 좀 해도 되겠니?"

뚜미는 거의 싸움을 걸듯,
그의 얼굴에 독 통을 들이댔다.

"왜요? 한 모금 드셔볼래요?"

흰 얼굴은 조금도 당황하지 않았다.

"흐음… 맛보다는 어떻게 만드는지
그 비법이 더 궁금하구나."

아마존의 부족들은
조상대대로 전해 내려오는 독 제조법을
절대 외부 사람에게 알려주지 않는다.
물론, 뚜미도 아직은 알지 못한다.
언젠가 훌륭한 사냥꾼이 되면 그때에 비법을 전수받겠지.

"꾸라레라는 식물 뿌리와 줄기를 갈아넣고
독사의 독을 넣는다는 것 정도는 아는데, 그 이상은….
기록해두고 성분을 연구한다면,
정말 좋은 자료가 될 텐데 말이야.
서구 의학에도 큰 도움이 될 거고…."

흰 얼굴이 아쉬운 듯 중얼거렸다.
뚜메가 낚시 바구니를 들고 돌아왔다.
뚜껑을 열자, 흰 얼굴이 또 알랑방귀를 뀌었다.

"와우, 뚜미! 훌륭하구나.
역시 소문대로 넌 굉장한 낚시꾼이야."

뚜미는 바구니에서

아까 비냐의 발목을 공격했던 피라냐를 꺼내,
쉴 새 없이 나불대는
저 알랑방귀의 입을 물어버리게 했으면 좋겠다고 생각했다.
뚜메가 물고기의 배를 가르고
내장을 꺼내 손질하기 시작했을 때에도,
흰 얼굴은 여전히 나불거렸다.

"뚜메, 내가 널 처음 만났을 때,
너 이것과 똑같은 물고기를 잡아서
집으로 가려던 참 아니었니?"

뚜메가 생선 대가리를 잘라내며 대답했다.

"맞아. 해 질 녘 강가에서 네가 나에게 길을 물었지."

뚜미의 얼굴이 새하얘졌다.

"해, 해 질 녘 두, 둘이 만났다고?!"

흰 얼굴이 대답했다.

"응."

"가, 강가에서?!"

"응. 그러니까 노을이 사라지고 어둠이 내릴 때였지.
뚜메가 강가에서 고기를 잡아 돌아가려다가
나를 만난 거지."

오, 제발!
피라냐가 떼로 덤벼 저 나불대는 입이
다시는 열리지 않도록 꽉꽉 깨물어주었으면!
뚜미는 얼른 부엌을 뛰어나와 할머니를 찾았다.
할머니가 들려주신 이야기가 있었다.
아마존의 전설, 그러니까 해 질 녘 강가에서
예쁜 아가씨가 남자를 만나 어떻게 되었는지,
어서 그 얘기를 다시 들려달라고 해야겠다.
어쩌면 누나가 큰 위험에 빠졌는지도 몰라!

"할머니이이!!!"

할머니는 비냐네 계셨다.

비냐 아빠가 야자수 잎을 끈처럼 가늘게 자르면,

비냐 할머니와 뚜미 할머니가

그 끈을 엮어 방석을 만들어냈다.

"할머니! 그 이야기 해주세요!

해 질 녘 로시타가 남자를 만난 이야기!"

할머니가 씨줄과 날줄을 촘촘히 엮으며 미소 지었다.

"그야 어려울 것 없지. 옛날에 말이다…."

비냐도 냉큼 할머니 곁으로 왔다.

두 소녀는 나란히 턱을 괴고 엎드렸다.

"아마존강 유역에

로시타라는 열여덟 살 소녀가 있었단다.

로시타의 집은 강둑에 있었고,

로시타는 매일 강가에 가서 물을 길어 오곤 했지.

어느 날 해 질 무렵이었어.

물을 긷다 말고, 로시타는 강물을 바라보았어.

노을빛 때문에 강물이 황홀할 정도로 아름답게 흘렀지.

로시타는 주변에 아무도 없는 걸 확인하고

물에 들어가 헤엄을 쳤어.

그런데 갑자기 몸이 떨렸어.

로시타는 누군가

자길 보고 있는 것 같다는 느낌이 들었지.

얼른 강둑을 살펴보니

한 젊은 남자가 로시타를 뚫어져라 보고 있는 거야.

마치 오랫동안 알고 지낸 사이처럼,

눈이 마주쳤는데도 전혀 눈길을 피하지 않으면서.

로시타는 최면에라도 걸린 듯 남자에게 걸어갔어.

보이지 않는 끈이 잡아당기는 것처럼

발이 절로 그리 움직였지.

로시타가 남자에게 물어보았어.

'당신은 누구인가요? 어디서 오셨나요?'

남자가 대답했어.

'강가에 사는 어부입니다.

언제나 당신과 함께 있고 싶군요.'

귀신에게 홀리기라도 한 걸까?

로시타는 좋다고 했어.

둘은 그날부터 매일매일 만났어.

마침내, 로시타의 아버지가 딸에게

매일 어딜 그렇게 나가냐고 물었지.

로시타는 부끄럼 많은 소녀였는데도

'어부와 사랑에 빠졌어요.

우린 곧 결혼할 겁니다.'라고 당당하게 말했어.

아버지는 딸이 그렇게 용기 내 말하는 걸 처음 보았지.

그래서 그 젊은 어부가 조금 수상쩍긴 했지만

결혼을 허락했단다.

둘이 자신의 집에서 지내도록 방도 내주었어.

그런데 참 이상했어.

젊은 어부는 언제나 동트기 전 깜깜할 때 나갔다가

해 진 후 어스름에만 집에 돌아오는 거야.

그리고 다음 날 또 해 뜨기 전에 나가는 거지."

할머니는 일부러 뜸을 들였다.

뚜미와 비냐가 벌떡 일어나 앉으며 다음을 재촉했다.

"어느 날 아침이었단다.

로시타는 옆자리에 누군가 있다는 걸 알았어.

남편이 왜 오늘은 일찍 나가지 않았을까

이상하게 여기며 건드려보니,

축축한 몸이 만져지는 거야.

로시타는 벌떡 일어나 비명을 지르기 시작했어.

아버지가 뛰어들어왔어.

놀랍게도, 침대 위엔 분홍돌고래가 누워 있었어.

침대에서 도망치려고 했지만 뜻대로 되지 않아

꿈틀거리며 괴로워하는 분홍돌고래 말이야.

놀란 아버지는 벽에 걸려 있던 화살을 잡고

돌고래를 쏘아버렸지. 돌고래는 죽고 말았어."

할머니가 새로 완성한 방석을 옆으로 밀어놓았다.

"그날 이후, 젊은 어부는 다시 돌아오지 않았어.
로시타는 깊은 슬픔에 빠졌지.
그리고 설상가상으로 자신이 임신했다는 걸 알게 되었어.
비극은 거기서 그치지 않았지.
로시타는 아기를 낳다가 그만 죽고 말았단다.
게다가 아기는… 사람이 아니었어. 아기 돌고래였지!"

할머니가 일어섰다.

"그러니까 젊은 어부는 사람이 아니라,
밤마다 사람으로 변하는 아마존강의 분홍돌고래였던 거야.
자, 인제 그만 가자.
뚜메가 생선을 굽는 냄새가 여기까지 풍기는구나.
비냐, 너도 우리랑 함께 가서 생선을 먹지 않으련?"

비냐와 할머니가 앞장서서 뚜미네 오두막으로 향했다.
뚜미는 할머니에게 흰 얼굴이 누나와
해 질 녘 강가에서 만났다는 것을

말해야 할지 말아야 할지 망설였다.
할머니는 그걸 알고도 흰 얼굴을 우리 부족에 들인 걸까?

"할머니, 뚜메 누나가 흰 얼굴을
해 질 녘 강가에서 만났대요. 로시타처럼.
흰 얼굴은 분홍돌고래가 아닐까요?"

비냐가 끼어들었다.

"분홍돌고래는 밤에만 사람으로 변한다잖아.
넌 흰 얼굴을 대낮에도 보고 있으면서."

췟, 겁쟁이 비냐 녀석은 가끔씩 똑똑한 말을 한다.
하지만 흰 얼굴은 로시타가 만난 돌고래보다
훨씬 강력한 마법을 부리는 돌고래일 수도 있잖아?
옷도 입고 가죽 신발도 신었는 데다가,
펜으로 수상쩍은 것들까지 적고 있으니!

할머니가 뚜미의 손을 잡고 걸으며 말씀하셨다.

"네가 흰 얼굴을 안 좋아하는 건 할미도 알고 있어.
나도 처음엔 흰 얼굴이 대체 뭘 하러 왔는지 의심했으니까.
그러나 이젠 알지.
흰 얼굴은 우리 마티스 부족이
계속 전통을 지키며 살아갈 수 있도록 돕는 거야.
예를 들어, 숲을 없애는 벌목꾼들을
우리 힘으로 내쫓을 수는 없지 않니?
그들은 숫자도 많고 강력한 무기를 지니고 있으니까.
우린 고작 그들을 피해
더 깊숙한 숲으로 도망갈 수 있을 뿐이지.
그렇게 되면 우리의 영토는 점점 줄어들 거야.
우리 후손들이 살길도 막막해지겠지.
그런데 흰 얼굴이 마티스 부족이 소중하다는 걸
아마존 밖의 사람들에게 알리면,
벌목꾼들이 우리 사는 곳 나무를
베지 못하도록 할 수도 있다는 거야."

"어떻게요?"

"저쪽 세상엔 아마존을 파괴하는 흰 얼굴들도 많지만,

아마존을 지키려는 흰 얼굴들도 있다는구나."

"엥? 정말요?
그럼 두 패로 갈라져 싸우는 건가요?
전쟁을 할 때처럼?"

"그렇다고 할 수 있지."

"난 잘 이해가 안 돼요.
왜 그들은 우리가 사는 아마존 때문에 전쟁을 하죠?
우리가 그들을 놔두듯 그들도 우릴 놔두면 될 텐데."

"나도 같은 질문을 흰 얼굴에게 했단다."

"뭐래요?"

"아마존에 내다 팔 만한 것이 있는 한,
탐욕스런 흰 얼굴들은 개미 떼처럼
이곳으로 몰려들 거라는구나.
그러니까 우리가 그들로부터 우리 땅을 지키려면

힘을 키울 수밖에 없는 거지.
아마존을 지키려는
또 다른 흰 얼굴들과 손을 잡고서라도 말이야."

할머니는 길게 숨을 내쉬었다.

"할미는 많은 부족들을 보았단다.
어떤 부족은 탐욕스런 흰 얼굴들이 시키는 대로
똑같이 나무를 베어 팔았지.
또 어떤 부족은 흰 얼굴들을 몰아내려
전쟁을 일으키기도 했어."

"그들은 어찌 되었나요?"

할머니가 뚜미를 똑바로 보았다.

"다 죽거나 사라졌다….
그러니 우리 마티스 부족이 아마존에서 살아남는 길은
이것뿐이라 믿는다. 이게 최선이야."

세 사람 모두 더 이상 말을 잇지 못했다.
저녁 어둠과 함께 무거운 침묵이
그들의 발길에 드리워졌다.

⋮

그날 저녁, 뚜미는 커다란 생선 한 마리를
고양이처럼 완벽하게 발라 먹었다.
자기가 잡은 물고기라고
식구들에게 으스댄 것은 물론이었다.
싱싱한 생선 살은 씹을수록 고소한 즙이 나왔다.
비릿한 강물의 냄새도 났다.
온 가족이 배불리 음식을 나누는 저녁이면,
뚜미는 모든 근심을 잊고 완벽한 행복감을 맛보곤 했다.
딱 지금 같으면 좋겠다고.
내일도, 모레도, 미래의 내 아들딸들도,
손자들도 꼭 오늘 같은 저녁을 맞이하기를.
아마존의 자연이 오늘처럼 계속 크고 무성해서
자애롭게 마티스 부족에게 음식을 내어주기를.

뚜미는 나른해졌다.

온몸이 속이 꽉 찬 열매처럼 부족함이 없었다.
밤의 정령들이 뚜미의 어깨를 주물러주었다.
숲에서 안개처럼 자장가가 흘러나와
집집마다 스며들었다.
뚜미의 집 안에도,
낮 동안 분주했던 뚜미의 머릿속에도 성큼 스며들었다.
뚜미는 누나와 할머니 가운데에 졸린 몸을 뉘었다.
서까래 위의 화살 총을 보면서 잠이 들었다.

꿈속에서 뚜미는
가장 높은 나무 꼭대기에 화살 총을 들고 서 있었다.
벌목꾼들이 나무 아래서 소리쳤다.

"어서 내려와! 우린 이 나무를 베어야 해!"

"어째서? 이 나무는 숲의 것이야.
이 숲은 수천 년 동안 마티스 부족에게
필요한 모든 걸 주었어.
앞으로 또 수천 년 동안
우리 마티스 부족을 돌봐줄 거야!

그러니까 우리는 이 숲을 지키기 위해
목숨을 걸고 싸울 거야!
너희들이 숲을 파괴한다면,
너희들도 피를 흘리게 될 거라고!"

"그래도 우린 이 나무가 필요해!
이걸 가져다 종이를 만들어야 해!"

"종이?"

"이거 말이야, 뚜미."

흰 얼굴이 야비한 미소를 지으며
손에 들고 있던 종이를 흔들었다.
거기 알아볼 수 없는 문자가 가득 적혀 있었다.
흰 얼굴이 종이를 흔들다 말고,
뚜메 누나에게 윙크를 했다.
누나가 미소 지으며 흰 얼굴의 손을 잡았다.
둘이 동시에 분홍돌고래로 변하더니,
훌쩍 날아 강물로 뛰어들었다.

뚜미가 얼른 화살 총에 독화살을 장전했다.
있는 힘껏 숨을 몰아 불었다.
독화살은 흰 얼굴을 맞추지 못했다.
두 돌고래는 물속으로 깊이 잠수해버렸다.
강물이 이내 잠잠해졌다.

"누나아~! 가지마아~!"

소리치다가 뚜미가 나무에서 떨어졌다.
미처 비명을 지를 새도 없이 땅으로 곤두박질쳤다.
누군가 뚜미를 안았다.

"뚜미, 괜찮니? 악몽을 꿨구나."

뚜메 누나였다. 누나의 얼굴을 만져보았다.
돌고래처럼 축축하지 않았다.
뚜미는 저도 모르게 안도의 울음을 터뜨렸다.

"누나가 가긴 어딜 간다고 그래?"

뜨메는 뜨미가 어릴 때 밤마다 그러했듯,
안아서 부드럽게 흔들어주었다.
뜨미의 울음소리가 흐느낌이 되고,
흐느낌마저 조금씩 가라앉더니
평온한 잠 속으로 잦아들었다.

⋮

다음 날 해가 가장 높이 떠 있을 무렵,
흰 얼굴이 할머니를 찾아왔다.
마침 할머니는 외출하셨고,
뜨메 혼자 빈집을 지키고 있었다.
흰 얼굴은 뜨메와 잡담을 나눴다.
그동안 뜨메는 아마 또 얼굴이 붉어졌고
손가락 빗을 만들어 머리를 매만진 모양이었다.
흰 얼굴이 뜨메에게 빗을 내밀었다.
다른 부족과 지낼 때 받은 선물인데
머리가 짧은 자신에겐 필요 없다면서.
뜨메가 커다랗게 미소를 지으며 빗을 받았다.

그때부터였다.

뚜메가 흰 얼굴을 따라다니기 시작한 것은.

흰 얼굴이 강가에 가면 뚜메도 강가에 갔다.

흰 얼굴이 숲으로 가면 뚜메도 숲으로 갔다.

흰 얼굴이 왜 자꾸 따라오느냐 물으면,

뚜메는 말없이 미소 지었다.

뚜메는 더 이상 가족을 위해 밥을 짓지 않았다.

흰 얼굴의 오두막으로 가 밥을 지었다.

흰 얼굴을 위해 허리띠를 만들었다.

야자수 끈에 예쁜 돌멩이와 조개껍데기를 엮어 만든

멋진 허리띠였다.

물론, 가죽 신발을 신고 가죽 허리띠를 하고 다니는

흰 얼굴은 뚜메가 만들어준 허리띠를 하지 않았다.

뚜메는 실망하지 않았다.

물고기를 잡아다가 매우 정성스런 저녁을 차렸다.

흰 얼굴이 집으로 돌아가라 해도 꿈쩍도 하지 않았다.

그렇게 꼭 이틀이 되었을 때,

흰 얼굴이 견디다 못해 할머니를 찾아왔다.

상황을 전해 들은 할머니의 얼굴이 창백해졌다.

"자, 자네가… 뚜메에게 빗을 주었다고?"

할머니는 벌떡 일어섰다.
너무 심각한 얼굴이어서 성난 것 같아 보이기까지 했다.

"이곳에선 남자가 처녀에게 선물을 주면
청혼을 하는 것과 같네. 그걸 몰랐단 말인가?"

이번에는 흰 얼굴의 얼굴이 창백해졌다.
그러니까 뚜메는 흰 얼굴을 남편으로 받아들였던 것이다.
졸졸 따라다니며 '아내로서' 함께 있고자 했던 것이다.
할머니가 물었다.

"자네는 뚜메와 혼인할 생각이 없는 게지?"

흰 얼굴은 말조차 제대로 할 수 없는 듯,
창백한 얼굴만 간신히 끄덕했다.
할머니가 뚜미에게 일렀다.

"뚜미, 가서 부족의 원로들을 우리 집으로 모셔 오너라."

부족의 모든 할머니 할아버지들이

뚜미네 오두막에 모였다.
뚜미는 집 밖에서 기다려야 했다.
집 안에 들어가도록 허락 받은 젊은이는
흰 얼굴과 뚜메뿐이었다.
뚜미는 누나가 집 안에 들어가기 전에,
흰 얼굴이 선물한 빗으로 머리를 빗고
꽃을 귀에 꽂는 등 몸단장하는 것을 보았다.
부족 할머니 할아버지들을 위해 몸단장을 했을 리는 없고,
그렇다면 자신과 결혼한 것을 취소하고 싶어 안달하는
흰 얼굴을 위해?
자신이 만들어준 허리띠 따위는
거들떠보지도 않는 흰 얼굴을 위해?
뚜미는 일을 이 지경으로 만든
멍청한 흰 얼굴을 한 대 갈겨주기라도 할 듯
주먹을 꽉 쥐고서 회의가 끝나기만을 기다렸다.

⋮

어둠이 내렸다.
새로 지핀 모닥불이 한참 거세지고
원숭이들마저 괴괴하게 잠든 시간,

원로들이 뚜미의 오두막에서 나왔다.
흰 얼굴도 뒤따라 나왔다.
흰 얼굴은 더 이상 창백하지 않았다.
한 대 갈겨주고 싶은 마음은 변함없었지만,
원로들이 흰 얼굴을 둘러싼 채 이야기를 하고 있었기에
일단 뚜미는 집 안으로 뛰어들어갔다.

"할머니! 어떻게 되었어요?"

할머니는 대답 대신 벽을 가리켰다.
벽에 흰 얼굴의 가죽 허리띠가 걸려 있었다.
알 것 같았다.
흰 얼굴은 저것으로서 값을 치른 것이다.
결혼은 무효가 된 것이다.
부족 내에서 가죽 허리띠를 가진 사람은 아직 없었다.
길이를 고정시키는 쇠붙이 장식까지 달린 허리띠였다.
하지만, 하지만… 뚜미는 여전히 억울했다.
파혼과 허리띠는 올바른 교환이 아닌 것 같았다.

"누나는 어딨어요?"

언짢으실 때마다 할머니는 입 대신 손을 사용하곤 했다.
할머니는 이번에도 대답 대신 손가락으로 위를 가리켰다.
누나는 통나무 계단을 디디고 올라가
처마 아래 웅크리고 있었다.
뚜미도 올라가 뚜메 옆에 앉았다.
뚜메는 소리 없이 울고 있었다.
뚜미는 누나가 우는 것을 처음 보았다.
아파도 힘들어도 뚜메는 울지 않았다.
언제나 활짝 웃으면서 뚜미를 안아주었다.
그런데 지금 누나가 울고 있다.

뚜메는 눈물을 닦을 생각도 하지 않았다.
뚜미가 대신 누나의 눈물을 닦아주었다.
누나의 눈물 빛깔은,
언젠가 뚜미가 아주아주 높은 나무 꼭대기에 간신히 올라
새알을 손에 쥐었다가 놓쳐버렸을 때 흘렸던
그 눈물 빛깔과 똑같았다.
누나의 마음을 알 것도 같았다.
하지만 바로 그 순간,
뚜미는 누나가 손에 쥐고 있는 것이

바로 그 문제의 빗이란 걸 알아챘다.
저 망할 빗!
뚜미는 서까래 위인 것도 잊고 벌떡 일어섰다.

“왜 이따위 걸 쥐고 있는 건데?
멍청하게시리!”

뚜미는 빗을 빼앗아 다람쥐처럼 통나무 계단을 내려왔다.
밖에서 활활 타고 있는 모닥불 속에 빗을 집어던졌다.
할머니는 이 모든 소동을 지켜보면서도
여전히 아무 말도 하지 않았다.
뚜메도 뒤따라 나오지 않았다.
그래서 밤은 여느 때처럼 고요했다.
어제와 같은 오늘이었다.
그것이 더 부아가 나서,
뚜미는 돌멩이를 집어 들고 온 힘을 다해 숲으로 던졌다.
어느 높은 나무에서
놀란 투칸 한 마리가 “끼욱~!” 울며
황급히 달님을 향해 솟구쳐 올랐다.
그리고 달빛조차 닿지 않는 어둠 속으로 사라졌다.

며칠 뒤, 뚜미는

흰 얼굴이 숲에 식물을 조사하러 나갔다는 것을 알았다.

사실 뚜미는 빗 소동 이후 줄곧 흰 얼굴의 뒤를 밟았다.

이런 기회를 기다리면서.

뚜미는 쏜살같이 집으로 달려왔다.

자신이 몰래 만들어둔 화살을 꺼냈다.

며칠 동안 갈고 또 갈아

이미 충분히 날카로운 촉임에도 불구하고

한 번 더 피라냐 이빨 사이에 넣고 갈았다.

마티스 부족 중에

이보다 더 날카로운 화살촉을 지닌 사람은

아무도 없을 것이다.

뚜미는 햇살을 받아 번득이는

촉끝을 어루만지며 눈을 빛냈다.

이어, 아무도 눈치채지 못하게 서까래 밑으로 갔다.

자신의 키보다 세 배는 긴 화살 총을 내렸다.

너무 길고 무거워서 휘청했지만 곧 균형을 잡았다.

아버지와 할머니는 부족의 병든 원로 집에 가셨다.

누나도 마침 보이지 않았다.

이보다 더 좋은 기회는 없다.
뚜미는 아버지의 대나무독 통 뚜껑을 열었다.
만들어둔 화살촉을 거기 담글까 말까 하다가
도로 뚜껑을 덮었다.
가슴이 터질 듯 두근거렸기 때문이다.

뚜미는 숲으로 갔다.
그리고 흰 얼굴과 제법 떨어진 나무 밑동 뒤에 웅크렸다.
흰 얼굴은 거대한 세이바 나무 아래 허리를 굽히고
무언가를 들여다보고 있었다.
크고 넓적한 잎을 지닌 제니파포였다.
마티스 부족은 전쟁 때 용맹해 보이기 위해
몸에 문신을 하는데,
제니파포 열매에서 그 잉크를 얻곤 했다.
지금 흰 얼굴이 제니파포를 들여다보는 이유도
그 때문일 것이다.

뚜미와 흰 얼굴 사이의 거리는 사십 발자국쯤 되었다.
아마존 밖에서 온 흰 얼굴은 아마존의 귀를 지니지 못했다.
뚜미가 열 발자국 가까이에서 부스럭거린다 해도,

그것이 짐승의 기척인지
사람의 기척인지조차 분간하지 못할 것이다.
그러므로 뚜미는 발각될 리가 없다.
뚜미는 애써 차분하게 화살을 화살 총 안에 장전했다.
아버지의 말씀을 떠올렸다.

"숨통과 숨통의 대결이야.
그래서 진정한 사냥꾼은 숲에서 숨을 쉴 때,
재규어의 영혼으로만 숨을 쉰단다."

물론 뚜미도 잘 알고 있었다.
전쟁 때가 아니라면,
독을 묻히지 않은 화살을 장전시켰다 해도,
절대 화살 총을 사람에게 겨눠서는 안 된다는 것을.
사냥꾼은 오직 사냥감을 향해서만
화살 총을 겨눌 수 있다는 것을.

'하지만 괜찮아.
난… 겁만 좀 주려는 것뿐이니까.
흰 얼굴이 겁을 집어먹고

여기서 도망치길 바라는 것뿐이야.
아마존 바깥의 흰 얼굴들 세상으로 도망가든,
분홍돌고래가 되어 강물로 돌아가든, 내 알 바 아니지.'

뚜미는 큰 숨을 모았다.

'게다가… 흰 얼굴은 제대로 젓값을 치르지 않았어.
어째서 가죽 허리띠가 파혼의 대가로 충분하다는 거야?
어떻게 누나처럼 귀한 사람을 실수로 원할 수가 있어?
게다가 감히 취소하다니!'

파혼 덕분에 뚜메가 돌고래를 낳다 죽는 일 같은 건
일어나지 않을 터였다.
그건 좋은 일이었다.
하지만 그렇다고 해서
뚜미의 기분이 나아지는 건 아니었다.
어쨌든 뚜메가 울었으니까.

그때, 흰 얼굴이 돌아섰다.
뚜미는 긴장했지만,

흰 얼굴은 여전히 뚜미의 존재를 눈치채지 못했다.
뚜미는 문득 흰 얼굴의 허리띠에 눈이 멎었다.
가죽 허리띠를 내놓은 후,
흰 얼굴은 누나가 만들어준 돌과 조개껍데기로 장식된
튼튼한 허리띠를 매고 다녔다.

'늦었어. 누나를 울리고 나서
이제 와 허리띠를 하고 다니다니.
괘씸한 녀석, 넌 오늘 마티스 부족의 쓴맛을 볼 거다!'

뚜미는 있는 힘껏 숨을 들이마신 채 멈췄다.
숲도 덩달아 숨을 멈춘 것 같았다.
숲의 고요가 손으로 만지면 빵 터질 듯 팽팽했다.
고요를 찢듯 침팬지가 날카롭게 괴성을 질렀다.
동시에, 뚜미가 있는 힘껏 숨을 내뿜었다.

정말이지 겁만 줄 생각이었다.
뚜미는 한 번도 마티스 부족 가운데
열한 살 소년이 화살 총으로,
그것도 생전 처음 쏘아 보는 화살로

목표물을 명중시켰다는 이야기를
들어본 적이 없었기 때문이다.
가장 훌륭한 사냥꾼인 할아버지도,
아버지도 첫 발부터 성공하진 못했을 것이다.
그런데…
뚜미의 화살이 흰 얼굴의 배 한가운데에 명중했다!
흰 얼굴이 쓰러졌다.
쓰러진 채 어딘가로 기어갔다.
그리고 사라졌다.
뚜미의 가슴은 조금 전
아버지 몰래 독 통의 뚜껑을 열었을 때보다
열 배는 더 빨리 뛰었다.
흰 얼굴은 어디로 갔단 말인가?
피를 흘리고 있을까? 정신을 잃었을까?
더 늦기 전에 사람들을 불러와야 하는 걸까?
설마… 설마… 죽은 건 아니겠지?
그럼 난… 시체를 찾으러… 가야 하는 걸까…?

머릿속이 뒤죽박죽이었다.
머릿속이 뒤죽박죽이 되면 될수록 손발의 힘이 빠졌다.

내가 무슨 짓을 한 거지?
사람에게 화살을 쏘다니.
아버지의 화살 총을 몰래 들고 나오다니.
그것도 재규어의 영혼이 깃든 신성한 화살 총을.
보라, 첫발에도 목표물을 명중시키는 화살 총이 아닌가.

파혼의 대가로 허리띠를 결정한 것은 원로들이었다.
감히 원로들의 결정을 거스르다니.
흰 얼굴을 마티스 부족에게서 쫓아내려
화살 총을 쏘았지만,
이제 부족 밖으로 쫓겨나게 생긴 것은
뚜미 자신인지도 모른다.
힘없는 손발이 덜덜 떨리기 시작했다.
너무나 심하게 떨려서 왼손으로 오른손을 꽉 붙잡고
왼발로 오른발을 꽉 눌러야만 했다.
그래도 떨렸다.

그때, 두툼한 손이 뒤에서 뚜미의 어깨를 잡았다.
뚜미는 화들짝 놀라 뒤돌아보았다.
흰 얼굴이었다.

'이제 난 죽었다!
얼굴 흰 자들은 총을 가지고 있다는데,
혹시 흰 얼굴도 총을 가지러 사라졌던 거 아냐?'

흰 얼굴이 물었다.

"날 찾는 거니?"

그러나 그의 손엔 총이 없었다.
대신 뚜메가 만들어준 허리띠가 들려 있었다.
두 동강이 난 허리띠는 돌 장식이 부서진 채였다.
얼른 흰 얼굴의 배를 쳐다보았다. 아주 멀쩡했다.

"아…!"

뚜미는 그제야 모든 것을 이해했다.
화살은 허리띠 돌 장식에 명중했던 것이다.
흰 얼굴은 일단
누가 쏜 것인지를 알기 위해 도망쳤던 것이고,
상대가 뚜미임을 알아내고 다가왔던 것이다.

뚜미는 눈을 꼭 감고 기다렸다.
흰 얼굴이 총을 지니지 않았다면,
주먹으로라도 자신을 칠 거라고 생각했다.
아니면 발로 밟거나.
숲에는 뚜미를 도와줄 사람이 아무도 없었다.
누군가 있다 하더라도
뚜미가 한 짓을 알고 나면 도와주러 나서지 않을 터였다.

하지만 아무리 기다려도
뚜미가 예상한 일은 벌어지지 않았다.
뚜미는 눈을 떴다.
흰 얼굴이 뚜미의 어깨에 손을 올린 채
가만히 뚜미를 들여다보고만 있었다.
그의 얼굴은 성난 것 같지도 않았다.
오히려 인자한 얼굴이었다.
뚜미와 눈이 마주치자,
뚜미의 편을 드는 것처럼
말없이 고개를 끄덕끄덕하기까지 했다.
그래서였을까?
여전히 손발을 벌벌 떠는 채,

뚜미가 울음을 터뜨리고 말았다.

"우리 엄마는 죽었어!
흰 얼굴들이 가져온 병 때문에! 허엉~"

"알아. 너도 같은 병에 걸렸지만 뚜메가 살렸지.
엄마가 돌아가신 뒤에 뚜메는 네게 엄마와 마찬가지였어."

"그 뚜메를 흰 얼굴이 울렸어! 허엉~"

"알아. 정말 미안해. 내가 큰 실수를 했어.
나는 마티스 부족을 돕기 위해 이곳에 왔지만,
아직도 모르는 게 너무 많아.
그래서 어리석은 실수를 저질렀어.
더 열심히 배워야만 해."

"뚜미가 흰 얼굴에게 화살을 쏘았어! 허엉~"

"그래. 위험했지만 괜찮아.
다치지 않았으니까.

뚜메가 만들어준 허리띠 덕분에."

"뚜메가 뚜미도 살리고 흰 얼굴도 살렸어. 허엉~"

"맞아. 실은 너도 내가 다치지 않아서
다행이라고 생각하고 있지?
진짜 죽기를 바라진 않았지?"

뚜미는 대답 대신 또 '허엉~' 하고 울었다.
여전히 손발이 바들바들 떨렸다.

"저런, 떨고 있구나."

흰 얼굴이 손을 내밀었다.

"걱정 마. 할머니께 말씀드리거나 하진 않을 거야.
약속할게. 비밀로 한다고."

흰 얼굴은 한 손으로 뚜미의 떨리는 두 손을 잡고,
다른 한 손으로 뚜미의 떨리는 두 발을 잡았다.

그의 손은 크고 따뜻했다.
뚜미는 조금씩 울음이 진정되는 것을 느꼈다.

"뚜미, 나도 비밀을 말해줄까?
빗을 선물한 것이 청혼을 의미한다는 걸 알았을 때,
나도 이렇게 떨었단다. 꼭 너처럼.
내가 저지른 짓이
얼마나 큰일이었는가를 뒤늦게 깨달으면서."

뚜미가 울음을 멈추고 흰 얼굴의 눈을 들여다보았다.
그렇게 가까이서
흰 얼굴의 눈을 들여다보는 건 처음이었다.
솔직히 그의 갈색 눈은 조금 예뻤다.

"뚜미, 그러니까 우리… 인제 그만
서로의 실수를 용서해주는 게 어떨까?"

뚜미는 더 이상 손발을 떨지 않았다.
흰 얼굴의 손에서 자신의 손을 빼내,
이번에는 뚜미가 흰 얼굴의 손을 잡았다.

그리고 흰 얼굴이 그랬던 것처럼

고개를 두 번 끄덕끄덕했다.

흰 얼굴이 뚜미를 끌어안고 말했다.

"고맙다. 얼굴 흰 사람들이

다 나쁘지만은 않다는 걸 꼭 보여줄게.

마티스 부족에 대해서 더 열심히 공부해서,

너희가 얼마나 훌륭한 전통을 지녔는지

아마존 바깥 사람들에게 알릴게.

그들과 힘을 합쳐서

아마존의 자연과 사람들이 훼손되지 않도록 노력할게."

뚜미가 또 고개를 끄덕끄덕했다.

⋮

뚜미가 집으로 돌아와 가장 먼저 한 일은,

물론 감쪽같이 서까래 위에 화살 총을 돌려놓는 일이었다.

다행히 아버지와 할머니는 아직 돌아오시지 않았다.

누나는 저녁 식사를 준비하고 있었다.

코를 벌름거려 보니, 카사바를 찌는 게 틀림없었다.

뚜미는 카사바를 좋아했다.
자주 먹는 음식이면서도 질리지 않았다.
특히 훌륭한 요리사인 뚜메는
카사바를 가장 포근한 감촉이 나게 찌는 법을 알고 있었다.
저녁을 다 먹고 드러누워 입술에 붙은 가루만 핥아도,
그 포근함을 충분히 느낄 수 있을 만큼.
뚜미는 부엌으로 갔다.

"맛있게 삶아줘야 해. 나 지금 무지 배고프니까."

"그래, 아주 맛있게 삶아줄게."

뚜메는 펄펄 끓는 물속에서 가장 작은 카사바를 꺼냈다.

"이거 먹어. 이건 작아서 다 익었어."

몹시 뜨거울 텐데도,
뚜메는 아무렇지도 않은 듯 카사바를 쥐고 껍질을 벗겼다.
그리고 후후 불어 뚜미의 입에 넣어주었다.
갓 익은 카사바의 고소하고 부드러운 맛을

입 안 가득 느끼며, 뚜미가 손을 내밀었다.

"자, 이거. 누나 가져."

예쁜 조개껍데기와 돌멩이였다.
오는 길에 주웠다.

"어머, 예쁘네!"

"그걸로 허리띠를 만들어줘."

"네 것 말이니?"

"아니, 훨씬 크게 만들어줘.
오늘 내가 허리띠를 하나 망가뜨려서
선물로 주려고 그래. 해줄 수 있지?"

"그럼. 어렵지 않아."

뚜메가 미소 지었다.

그 미소가 여느 때와 같았다.

뚜미는 안도했다.

"누나, 괜찮지?"

"뭐가?"

"뭐든지."

"응, 괜찮아."

뚜메는 정말 괜찮아 보였다.

뚜미도 이제 괜찮은 것 같았다. 뭐든지.

뚜미는 뚜메 곁에 앉았다.

그대로 오랫동안 카사바 익는 냄새를 맡았다.

우리는 타인과 맺는 관계로부터
자신을 형성한다.

가보지 않고
만나지 않고
말 걸지 않고

알 수는 없다.

우리가 어떤 사람인지,
우리는 어떻게 살아가는지,
그들이 어떤 사람들인지,
그들이 어떻게 살아가는지.

타이손과 재인

필리핀

그러니,

가봐야만 한다.
만나야만 한다.
말 걸어야만 한다.

만나기 위해
'다름'의 강을 건넌 우리,

만나서
'다양성'의 대지에 도달한 우리,

거기서 반드시
더 나은 사람이 되는 법을 배운다.
더 나은 방식으로 살아갈 기회를 얻는다.

관계를 맺는 것,
나를 만드는 것의 시작이다.

타이손은 며칠간 그 가족을
호기심 어린 눈으로 지켜보고 있었다.
세 명의 가족이었다.
엄마, 아빠, 그리고 타이손만 한 사내아이.
타이손이 아빠와 함께
아침 일찍 낚시를 마치고 돌아오면,
그 가족이 느지막이 일어나 해변을 산책하곤 했다.
사내아이는 조개껍데기를 모으면서
언제나 느리게 걸었다.
아이가 많이 뒤처져 있을 때마다,
엄마가 돌아서서 부드러운 목소리로
"재인!" 하고 불렀다.

그들은 분명 다른 외국인들과 똑같은 목적으로
이곳에 왔을 것이다.
필리핀의 아주 작은 바닷가 마을인
이곳 돈솔까지 외국인들이 찾아오는 이유는
언제나 한 가지뿐이었다.

여기 고래상어가 있다는 것.

고래상어는 이름 그대로 고래처럼 거대한 상어이다.
다른 상어와 달리 사냥을 하지 않는다.
미소를 짓는 것처럼 가늘게 입을 열어놓고서,
입으로 흘러들어오는 물,
플랑크톤, 작은 새우 같은 것만 삼킨다.
그래서 사람들은
이 거대하고 평화로운 상어 바로 곁에서
헤엄치고 노닐 수가 있는데,
그 특별한 경험을 위해 먼 길을 마다하지 않고
돈솔에 오는 것이었다.

재인의 부모는 돈솔 사람들보다 배가 나왔고 키가 컸다.
작은 눈에 흰 피부를 지녔다.
일본이나 중국처럼 북쪽에서 온 것 같았다.
재인은 창백한 얼굴에 안경을 꼈다.
수영을 잘 못하는지, 구명조끼까지 입고서도
매우 얕은 바닷물에 발만 담갔다.
몸도 약한 것 같았다.

타이손이 동네아이들과
모래놀이를 하거나 뜀박질을 할 때에도,
재인은 그늘에 앉거나 해먹에 누워만 있었다.
돈솔에서는 한 번도 본 적 없는
멋진 스마트폰을 꾹꾹 눌러대면서.

⋮

재인네가 온 지 나흘째 되는 날이었다.
타이손은 정오의 불타는 태양을 피해
바나나 나무 그늘에 앉아 있었다.
심심해서 대나무 잎을 꺾고 접어
물고기도 만들고 새도 만들었다.

"어머나! 솜씨도 좋아라! 정말 예쁘구나!
꼭 종이접기한 것 같네!
재인아, 어서 이리 와봐. 게임 좀 그만하고!"

재인의 엄마였다.
그녀는 친절한 미소를 띠고 타이손을 바라보았다.

"이름이 뭐니?"

"타이손."

"반갑구나. 얜 내 아들이야. 재인이라고 해.
열 살이야. 너는 몇 살이니?"

"열한 살이요."

"잘 됐네. 둘이서 같이 어울려 놀면 되겠다.
넌 이 근처에 사니?"

"네."

"우린 한국에서 왔어.
한국이란 나라를 알고 있니?"

"알아요! 대, 장, 금!"

"호호. 한류 열풍이 여기서도 대단하구나.

우린 고래상어를 보러 왔어.

사실 이틀 정도만 묵을 예정이었는데,

재인이가 자꾸 상어 보기가 무섭다고 해서

마음이 바뀌길 기다리고 있단다."

재인은 수줍음이 많은 아이 같았다.

엄마 뒤에 숨은 채 발뒤꿈치로 모래를 파 들어갈 뿐

타이손을 제대로 쳐다보지도 못했다.

타이손은 얼른 대나무 잎으로

동그란 안경테를 만들어 재인에게 건넸다.

재인의 엄마가 호들갑스럽게 감탄했다.

부끄러워하는 재인의 진짜 안경을 벗기고

대나무 잎 안경을 씌워주었다.

재인은 새 안경이 싫지 않은지

흰 얼굴을 붉히며 미소 지었다.

초록색 새 안경은

재인의 붉어진 얼굴에 썩 잘 어울렸다.

⋮

두 소년은 밤낮으로 붙어 다니기 시작했다.

코코넛 나무를 타는 시합을 하기도 했고,
바나나 잎으로 칼싸움을 하기도 했다.
모두 다 타이손이 재인에게 가르쳐주는 것들이었다.
재인이 가르쳐주는 것도 있었다.
집에서 가져온 트럼프 카드로
원 카드 게임을 가르쳐주었고,
자석이 붙어 있는 미니 바둑알로
오목 두는 법도 가르쳐주었다.

둘은 비가 와도 개의치 않고 바닷가에 나갔다.
모래로 성을 짓고 그 안에 나란히 들어앉아
파도가 성을 야금야금 파먹는 것을 지켜보았다.

"재인, 파도가 우리를 공격하고 있어!"

"오른쪽을 막아, 타이손!
그쪽이 무기 창고잖아."

"좋았어. 우리가 얼마나 강력한지 보여주자고!"

둘은 벌떡 일어나 부서진 부분을 도로 짓고
다시 들어앉아 파도를 기다렸다.
빗방울이 머리카락 속에서 데구르르 구르다
코끝을 간질이며 떨어지는 느낌이 좋았다.
엉덩이와 허벅지에 조금씩 물이 차오르는 것도 좋았다.

때때로 타이손이 바닷물에서 수영하자고 했지만,
재인은 바닥에 발이 닿지 않는 깊이의 물에는
들어가지 못한다고 했다.

"수영할 줄 몰라?"

"아니, 알아.
이 년이나 배웠어. 접영까지."

"접영이 뭔데?"

"수영 젤 잘하는 사람이 하는 거.
이렇게."

재인이 나비처럼 팔을 들어 펄럭이는 시늉을 했다.

"근데 왜 물에 못 들어가?"

"난 수영장에서 배웠거든.
바닥이 안 보이는 바다는 무서워."

"수영장이 뭔데?"

"큰 그릇 같은 거야.
물로 채워놓고 거기서 선생님한테 수영을 배워."

"큰 그릇에서?
선생님이 수영도 가르쳐줘?"

"수영 선생님이야.
수영만 가르쳐주는."

"하하. 별 걸 다 가르쳐준다.
수영은 가르쳐주는 게 아냐.

그냥 자꾸 하는 거지.
나무 타기처럼. 아니면 모래 놀이처럼."

타이손이 보란 듯이 깊은 물속으로 헤엄쳐 들어갔다.
한참 뒤에 고개를 꺼냈는데
조금도 숨이 찬 것 같지 않았다.
다시 물속으로 들어가
또 저만치 떨어진 곳에서 손을 흔들었다.
재인은 얕은 물가에 선 채
타이손이 물고기 같다고 생각했다.
동시에, 저렇게 레인을 벗어나고
제멋대로 수영을 하면
선생님한테 혼날 거라고도 생각했다.
재인의 수영 선생님은
자세가 흐트러지는 것에 유난히 엄격했다.

한참 뒤 타이손은 재인이 있는 얕은 곳으로 돌아왔다.
수영장과 수영 선생님을 이해한 것 같진 않았지만,
재인이 깊은 물을 무서워한다는 것은 이해한 것 같았다.
그래서 재인을 위해

해변에서 하는 놀이를 계속 개발해냈다.

⋮

"함정을 파자!"

비가 갠 뒤 타이손이 새롭게 제안했다.

"우와! 멋진 생각이야!"

둘은 몇 시간이나 지치지 않고
거대한 모래 구덩이를 팠다.
안에 비닐을 깔고
양동이에 바닷물을 채워 몇 번이나 부었다.
코코넛 잎을 주워와 구덩이를 덮은 뒤,
나무 뒤에 숨어서
누가 그 거대한 함정에 빠질지 숨죽이며 기다렸다.
다섯 명의 아이들이 아슬아슬하게 옆으로 지나갔다.
누나 세 명도 바로 옆으로 비켜갔다.
아주머니도 한 분, 아저씨도 두 분
빠질 듯 빠지지 않고 함정을 지나쳤다.

타이손과 재인은 주먹으로 땅을 내리치며 안타까워했다.

"으, 아깝도다!"

이번에는 잘 차려입은 동네 청년이 친구와 함께
정신없이 수다를 떨며 해변을 걷고 있었다.
얼굴이 옆의 친구를 향해 있어,
청년은 앞에 무엇이 있는지 눈치채지 못하는 것 같았다.
타이손과 재인은 마음속으로 외쳤다.

'빠져라! 빠져라! 빠져! 빠져!'

앗! 비명 소리와 함께 청년이
물에 흠뻑 젖은 한쪽 다리를 함정에서 꺼냈다.
그의 멋진 바지에서 탁한 물이 뚝뚝 떨어졌다.

"누구 짓이야?"

청년이 성난 목소리로 외치며 주변을 두리번거렸다.
타이손과 재인은 겁이 났다.

동시에 웃음을 참느라 배가 아플 지경이었다.
그래서 도저히 나무 뒤에
더 숨죽이고 있을 수가 없었다.
둘은 미친 듯이 낄낄대며 맹그로브 숲으로 도망쳤다.
청년이 뒤쫓아오는 것 같았다.
둘은 숲속을 달리고 또 달렸다.
재인의 달리기 실력이 형편없었기 때문에
타이손은 몇 번이나 뒤돌아와 재인의 손을 잡고 달렸다.

"그만 달리자. 안 오는 것 같아!"

타이손이 헐떡이며 그렇게 말했을 때에야,
재인은 처음으로 뒤돌아보았다.
어느새 맹그로브 숲 깊숙이 들어와 있었다.
빽빽하게 들어선 나무들이 하늘을 가려
숲은 괴괴한 어둠에 잠겼다.
어두운 물 위로 빠져나온 맹그로브의 뿌리들은
마치 유령의 앙상한 손가락처럼
곧 일어나 재인을 덮칠 것만 같았다.

"으아악! 엄마야!!"

재인이 위를 쳐다보더니 자빠질 듯 비명을 질렀다.
바로 위 나뭇가지에
노란 줄무늬가 있는 검은 뱀이 몸을 칭칭 감고서
재인을 내려다보고 있던 것이다.

"아이고, 깜짝이야!
난 또 뭐라고. 걱정 마, 재인.
저 뱀은 저기서 쉬고 있는 것뿐이야.
걔는 밤에만 움직여."

"어서 여기서 나가자! 난 너무 무서…
아, 아니, 엄… 엄마가 걱정하실 거야."

하마터면 겁쟁이인 게 탄로 날 뻔했다.
달리기도 훨씬 못하고 나무 타기도 제대로 못하는데
겁쟁이인 것까지 들통날 수는 없다.
재인은 타이손이 이끄는 대로
숲을 빠져나가기 시작했다.

타이손은 돈솔에서 나고 자랐다.

숲이든 바다든

마을 구석구석까지 모르는 곳이 없었다.

믿음직한 친구였다. 그런데….

"아, 따거! 앗, 또! 여기도! 저기도!"

믿음직한 친구마저 당황하여 소리를 지르기 시작했다.

재인도 온몸이 따가워 견딜 수가 없었다.

"이런, 온통 모기투성이야!

한 마리, 두 마리, 세 마리… 백 마리! 아니, 천 마리!

으악, 맹그로브 숲은 왕모기 소굴이야! 어서 도망가자!

재수 없으면 말라리아에 걸릴지도 몰라!"

정말로 수십 수백 마리의 모기떼가

팔, 다리, 눈, 코 할 것 없이 덤벼들었다.

타이손과 재인은

이제 아까와 반대 방향으로 뛰고 있었다.

함정에 빠뜨린 청년이

숲 입구에서 기다린다 해도 무섭지 않았다.
적어도 청년은 피를 빨지는 않을 테니까!

청년은 없었다.
숲에서 빠져나오자마자
둘이는 누가 먼저랄 것도 없이 바닷물로 뛰어들었다.
모기떼에게 뜯겨 화끈거리는 데에는
차가운 바닷물이 최고였다.
타이손과 재인은 서로에게 물을 튀기며
딸꾹질이 나도록 웃고 또 웃었다.
발이 바닥에 닿지 않는 곳까지 깊이 들어온 줄도 모른 채,
재인은 신나게 물장구를 쳤다.

⋮

또 며칠이 지났다.
타이손이 재인에게 언제 떠날 거냐고 물었다.
재인이 부끄러운 듯 고개를 푹 숙였다.
재인의 엄마가 곁에서 대신 대답해주었다.

"늦어도 이틀 뒤엔 떠나야 한단다.

남편과 내 휴가가 다 끝나가거든.
그 안에 재인이가 마음을 바꾸어
고래상어를 보고 갔으면 좋겠는데….”

사실 타이손은 재인네처럼
돈솔에 오래 머무는 외국인들을 처음 보았다.
외국인들은 오직 고래상어를 보러 왔기 때문에
하루나 이틀이면 용무를 끝내고
보잘것없는 이 마을을 떠나버렸던 것이다.
그래서 타이손에게 재인은 첫 번째 외국인 친구였다.
이전엔 아무도
타이손이 대나무 잎으로 물고기를 만들 때 다가와
감탄해준 사람이 없었다.
같이 함정을 파거나
맹그로브 숲에서 대탈출을 벌인 적도 없었다.
재인이 떠나고 나면 많이 그리울 것이다.
타이손도 고개를 푹 숙였다.
재인의 엄마가 다정하게 말했다.

“타이손, 우리가 여기 머무는 동안

네가 함께 시간을 보내줘서
얼마나 고맙고 즐거웠는지 모른단다.
이틀은 생각보다 긴 시간이야.
즐거운 추억을 또 많이 만들렴.
우리가 다음에 여기 올 때까지
선명하게 기억할 수 있도록 말이야."

재인이 번쩍 고개를 쳐들었다.
타이손도 고개를 쳐들었다.

"엄마, 우리 여기 다시 올 거야?"

"그러엄."

"진짜요?"

"그러엄."

"이야호!!"

두 소년이 서로 얼싸안고 있는 힘껏 폴짝폴짝 뛰었다.
발바닥에서 튄 모래가
하늘에 닿을 듯 높이높이 솟아올랐다.

다음 날 아침,
타이손이 재인이 묵는 방갈로에 찾아왔다.

"재인, 보트를 가져왔어.
우리 같이 낚시 가자!
아빠를 졸라서 간신히 허락받은 거야."

타이손의 아빠는 가난한 어부였다.
물고기를 잡아
여섯 명이나 되는 타이손 형제들을 먹여 살렸다.
그의 보트는 매우 작고 낡은 것이었다.
재인의 아빠가 걱정스러운 얼굴이 되었다.

"너희들끼리만 바다에 나가도 괜찮겠니?
보호자가 필요하지 않을까?"

재인의 엄마가 아빠에게 말했다.

"괜찮을 거예요.
타이손은 어른 못지않게 배를 잘 다뤄요.
매일 새벽 아빠와 함께 바다에 나가는걸요.
재인을 생각해서 일부러 배를 가지고 온 것 같은데…."

재인도 다급하게 거들었다.

"그래요, 아빠!
우린 내일 아침 일찍 돈솔을 떠나야 하잖아요.
오늘이 마지막이란 말예요!"

타이손이 숨도 쉬지 않고 따발총처럼 말했다.

"아저씨! 걱정 마세요.
오늘은 날씨도 좋고 파도도 잔잔해요.
이곳 바닷가 사람들에겐 땅 위에서 걷는 것보다
바다에서 노 젓는 게 더 안전한 날이죠.
저는 이 근방의 물길을 죄다 알고 있어요.

고기가 잘 잡히는 곳도요. 허락해주세요.
어제 재인 엄마께서 말씀하신 것처럼,
추억을 많이 만들어올게요."

재인의 아빠가 잠시 생각하더니, 마지못해 고개를 끄덕했다.

"좋아. 하지만 구명조끼는 반드시 입어야 한다.
절대 벗으면 안 돼."

"네에에!!!"

두 소년이 목청 좋은 개구리처럼 합창했다.

"오, 예!"

철퍼덕 소리가 나도록 하이파이브도 했다.

재인의 엄마가 재인을 위해 구명조끼를 가져다주었다.
타이손은 구명조끼가 필요하지 않았다.
물고기만큼이나 자유롭게 헤엄칠 줄 알았기 때문이다.

바닷가에서 나고 자라는 돈솔 사람들은
대대로 구명조끼를 입지 않았다.
재인의 부모님은
망고 주스 캔 두 개와 빵을 담은 봉지를
보트에 넣어주었다.
그리고 방갈로 앞에 서서
보트가 작아질 때까지 손을 흔들었다.

⋮

배는 순식간에 해안에서 멀어졌다.
타이손의 노련한 노질 솜씨 덕분이었다.
재인은 뭍에서 멀어지는 것이
조금 겁났지만 내색하지 않았다.
처음에 물은 바닥의 흰 모래가 훤히 비쳐 보이는
맑은 하늘색이었다가,
점차 바닥이 사라지고
띄엄띄엄 험상궂은 바위와 해초만 드러나는
짙은 빛깔을 띠었다.
보트가 조금 더 나아가자, 물은 완전히 검푸르렀다.
그 아래에 얼마나 깊은 세상이 펼쳐져 있는지

재인은 짐작도 할 수 없었다.
바람마저 잔잔해 주변은 완벽한 적막이었다.
사람도 보트도 눈에 띄지 않았다.

"바로 여기야."
한참 만에 타이손이 노질을 멈추고
준비해온 간단한 낚시 재료들을 펼쳤다.
직육면체로 자른 스티로폼, 거기 둘둘 말린 낚싯줄,
낚싯줄 끝에 묶인 U자로 휜 바늘.
타이손이 바늘 끝에 물고기 내장을 잘게 찢어 매달았다.
새벽에 아빠와 잡은 물고기의 신선한 내장이었다.
타이손이 움직이면 배가 때때로 불안하게 기우뚱했다.

소년들은 물속에 바늘을 던지고 기다렸다.
바늘이 물속에 들어가자,
재인도 두려움 따위는 완전히 잊었다.
오직 큰 물고기가 잡히기만을 초조하게 고대했다.
얼마나 시간이 흘렀을까?
그다지 오래 기다린 것 같지도 않은데
타이손의 줄이 끊어질 듯 팽팽해졌다.

타이손은 얼른 줄을 당겼다. 다금바리였다.

어른 손바닥만 했다.

재인이 부럽고도 약 오른 표정이 되었다.

잠시 후, 이번에는 재인의 줄이 팽팽해졌다.

재인도 얼른 줄을 당겼다. 또 다금바리였다.

재인의 생각엔 어른 손바닥보다 조금 더 큰 것 같았다.

타이손의 생각은 달랐다.

"어른 손바닥보단 작아."

"아냐! 커!"

"아냐! 작아!"

"어디 재보자. 누구 것이 더 큰가."

재인이 먼저 말했다.

"비슷하지만, 그래도 뒷지느러미를 잘 봐.

길이가 더 길기 때문에 내 것이 더 커."

타이슨이 물러서지 않았다.

"무슨 소리!
등지느러미를 봐.
길이가 엇비슷해도
몸통이 더 크기 때문에 내 것이 더 커."

잠시 침묵. 소년들은 씩씩 거칠게 숨만 쉬었다.

"그럼 우리 한 마리씩 더 잡자.
그러고 나서 두 개를 합쳐
누구 것이 더 큰지 말해보자."

재인이 제안했다.

"좋아!"

물고기는 금방 잡혔다.
이번에는 재인이 먼저 잡았다.
다금바리였다.

아무래도 그들의 보트 아래에
다금바리가 떼 지어 놀고 있는 모양이었다.

"자, 어른 손바닥보다 확실히 크지?"

타이손이 입술을 앙 물었다.

"글쎄…."

"너도 어서 잡아봐."

타이손은 온몸의 감각을
줄을 잡은 손에 실었다.

'어서 하나만 잡혀라, 어서!
재인이 것보다 훨씬 큰 놈으로!'

그러나 또다시 환호성을 울린 것은 재인이었다.
재인은 이번에 누가 뭐래도
어른 손바닥, 아니, 팔뚝보다 큰 다금바리를

의기양양하게 보트 바닥에 던져놓았다.
타이손이 약 올라 소리쳤다.

"이건 불공평해!
맨 처음 물고기를 잡았을 때
분명히 내 것이 네 것보다 컸다고!
그런데도 너는 자꾸 네 것이 더 크다고 거짓말을 했어.
거짓말이 통하지 않으니까,
더 잡아서 비교하자고 했고!
그런데 내 것은 더 잡히지 않으니
이젠 비교할 수가 없는 거잖아.
불공평하다고!"

재인이 짓궂게도 혀를 쭉 내밀었다.

"에헤! 할 말 없지?
이건 다금바리 왕 중의 왕이야!"

타이손이 지지 않고 맞받아쳤다.

"넌 거짓말쟁이 왕 중의 왕이고!"

"뭐? 내가 왜 거짓말쟁이야?"

"물고기도 그렇고…
또… 넌… 곧 떠날 거잖아!"

"그게 뭘?"

"여길 떠난 외국인들은 다시 오지 않아!
그런데 넌 다시 온다고 했잖아!"

"그야 다시 올 거니까!
널 만나러!"

"거짓말하지 마!"

"거짓말 아니야!"

"거짓말이야!"

"거짓말이 아니란 걸 보여주겠어!"

"어떻게?"

"…어, 어떻게?"

"그래, 어떻게?"

재인이 벌떡 일어나더니
구명조끼를 벗어 던졌다.

"이렇게!"

그리고 검푸른 물속으로 텀벙 뛰어들었다.

⋮

일 초가 천 시간 같았다. 아니, 천 년 같았다.
타이손은 후회했다. 또 후회했다.
왜 친구를 거짓말쟁이라고 했지?
왜 친구를 믿지 못했지?

까짓 다금바리 크기 같은 건 아무래도 좋았다.

그건 그저 시합이었다.

장난이었다.

진짜 싫었던 건 이별이었다.

이별이 싫어 억지를 부린다는 것이 지나쳤다.

재인을 집어삼킨 바다는 고요했다.

재인은 바다에서 수영을 하지 못한다고 했다.

커다란 그릇에 담긴 물에서만 수영을 할 수 있다고 했다.

서둘러 타이손이 바다에 뛰어들었다.

재인이 벗어버린 구명조끼를 손에 쥐고,

커다랗게 눈을 뜬 채 물속을 살폈다.

괜스레 손이 떨렸다.

'재인, 제발 힘을 내.

바다도 어찌 보면 커다란 그릇에 담긴 물이야.'

타이손의 가족은 주일마다 성당에 가서 미사를 드린다.

타이손은 재빠르게 두 손을 모아 기도했다.

'은혜로운 성모 마리아시여! 재인을 지켜주소서!'

타이손은 언제나 물속에서도 훤히 앞을 볼 수 있었다.
그런데도 재인이 보이지 않았다.
정신없이 헤엄쳐 다니며 재인을 찾았다.
더는 숨을 참을 수 없을 때까지 참다가,
도저히 견딜 수 없을 때만 물 위에 고개를 내밀고
큰 숨을 들이마셨다.
그리고 또 들어가 재인을 찾았다.
몇 번이나 그랬을까?
물을 차고 나와 숨을 들이켜는데,
저만치 보트 너머 수면 위로 삐죽 나온 무언가가 보였다.
재인의 머리였다.

"재인!! 괜찮아?"

타이손이 외쳤다.
재인의 얼굴은 창백했고
무언가에 홀린 듯 넋이 나가 있었다.

"타이손…, 타이손…, 나는…."

재인은 말을 채 마치지 못하고 도로 물속으로 사라졌다.

"재인!!!"

타이손은 온 힘을 다해 보트 너머로 헤엄쳐갔다.
이미 재인은 거기 없었다.
너무 깊은 바다였다.
빛은 수면 바로 아래만 약간 비춰주다가
이내 어둠 속으로 흡수되어버렸다.
타이손은 최대한 눈을 부릅뜨고
동서남북 네 방향으로 몸을 둥글게 틀며
어두운 물속을 살펴보았다.
북쪽에서 무언가 희끄무레한 것이 움직였다.
타이손은 깊숙이 숨을 들이마신 뒤
온 힘을 다해 그리로 헤엄쳐갔다.

희끄무레한 것은 이미 사라지고 없었다.
다시 깊은 바다의 두툼한 어둠뿐이었다.

타이손이 절망 속에서 한 번 더 숨을 들이마시고
물속으로 들어왔을 때,
무언가 그의 발목을 잡았다.
뒤돌아보니, 아, 재인이었다!
재인이 물고기처럼 자유롭게 헤엄치고 있었다!
그뿐만이 아니었다.
냉큼 타이손 곁으로 와 손을 잡더니,
굉장한 속도로 헤엄쳐 나아가기 시작했다.
어디로 가는 것일까? 상관없었다.
타이손은 재인이 살아 있다는 것만으로
더 바랄 것이 없었다.
기쁘고 또 기뻐서 세상 끝까지
헤엄쳐 나갈 수 있을 것 같았다.

재인이 잡고 있던 타이손의 손을 세게 당겼다.
그리고 '저것 봐!' 하는 것처럼
나머지 손으로 물 아래를 가리켰다.
저 아래 깊숙한 어둠 속에서 흰 반점들이 보였다.
수십 개의 크고 작은 흰 반점들.
꿈틀대고, 미끄러지고, 엄청난 속도로 나아가는 흰 반점들.

고래상어였다!

청람 빛 고래상어가
등에 흩뿌려진 반점을 흔들면서
고속도로를 질주하는 자동차처럼
어두운 물속을 질주하고 있었다.
타이손 아빠의 보트를 다섯 개 정도 합친 크기였다.
그토록 큰 고래상어는 타이손도 처음 보았다.
게다가 혼자가 아니었다.
자그마한 새끼 고래상어 한 마리가
엄마의 속도를 따라잡느라 곁에서
부지런히 지느러미를 놀리고 있었다.
그리고 그 둘을 모시는 신하들처럼,
십여 마리의 빨판상어가 들러붙어 함께 이동했다.
부드럽고 우아한 행차였다.
당당하고 거칠 것 없는 행차였다.
바닷속 모든 생명들이
그들을 위해 길을 내어주는 것 같았다.

타이손이 재인을 바라보았다.

재인은 너무나 흥분한 나머지 숨 쉬는 것조차 잊은 듯했다.
타이손이 재인의 손을 잡아 억지로 수면 위로 당겼다.

"푸아!"

소년들이 물 밖으로 밀린 숨을 뱉어냈다.
동시에 누가 먼저랄 것도 없이 도로 물속으로 들어갔다.
고속도로를 질주하는 자동차처럼 나아가는
고래상어를 따라잡기 위해선 일 초도 지체할 수 없었다.
상어는 벌써 저만큼 멀어져 있었다.
바닷가 소년이 실력 발휘를 할 순간이었다.
이번엔 타이손이 재인의 손을 꽉 그러잡고 앞장섰다.
온 힘을, 머리끝부터 발끝까지
있는 힘이란 힘을 다 끌어당겨 물살을 가르기 시작했다.
그렇게 빨리 헤엄쳐본 것은 처음이었다.
조그만 심장이 쿵덕거리는 소리가 머릿속까지 크게 울렸다.
여섯 형제의 막내였던 타이손은,
어렸을 때 형들을 따라잡기 위해
젖 먹던 힘까지 다해 헤엄치곤 했지만,
그것도 이것에 비하면 약과였다.

형들은 가끔 기다려주기도 했으니까.
어미 고래상어의 꽁무니를 거의 따라잡았다.
죽을 듯 힘들었지만,
타이손은 계속 속도를 높여 재인을 이끌었다.
반드시 고래상어를 앞지를 것이다.
앞질러서 재인에게 상어의 얼굴을 보여줄 것이다.
거대한 미소를 짓는, 선하고 유쾌한 얼굴을.

팔을 뻗으면
고래상어의 반점을 만질 수 있을 만큼 가까워졌다.
정말이지 엄청나게 큰 녀석이었다.
작게 보였던 반점 하나가 타이손의 몸통보다 컸다.
믿어지지가 않았다.
이렇게 엄청난 녀석과 달리기를 하고 있다니!
그것도 거의 따라잡고 있다니!
소년들은 물 위로 올라가 숨을 한 번 쉬고
다시 들어와 전력 질주를 했다.

재인이 두려움과 흥분으로
타이손의 손을 으스러지게 잡더니,

타이손 못지않게 괴력을 뿜기 시작했다.
재인은 어쩌면 바로 이 순간을 위해,
자신이 지난 이 년 동안
매일매일 스포츠 센터의 노란 승합차를 타고
그 지루한 수영 강습을 받으러 다녔는지도
모르겠다는 생각을 했다.
가슴 벅찬 뿌듯함을 느끼며 물살을 갈랐다.
이젠 두 소년 중 누가 누구를 이끄는지 알 수 없었다.
서로가 서로의 힘을 받아, 소년들은
초능력을 지닌 작은 슈퍼맨들처럼 나아가고 있었다.
고래상어의 꼬리를 앞질렀다.
뾰족한 등지느러미를 앞질렀다. 그리고, 마침내, 얼굴!

'우하하!'

재인은 고래상어의 얼굴을 보자마자,
자신이 숨을 참고 있다는 것을 까맣게 잊고
하마터면 웃음을 터트릴 뻔했다.
고래상어는 '상어'라는 이름에 전혀 걸맞지 않게
옆으로 입을 길쭉하게 벌리고서 '스마일!' 하고 있었다.

마치 "안녕, 친구들! 제법인데!" 하고
인자하게 말을 건네는 것만 같았다.
소년들은 엄마와 아기 고래상어에게 손을 흔들었다.
동시에, 약간 속도를 늦췄다.
너무 지쳐 더는 속도를 낼 수도 없었지만,
얼굴을 보았으니 이제 되었다는 만족감으로
마음이 뿌듯해졌기 때문이다.

순식간에 상어가 소년들을 앞지르기 시작했다.
눈 깜짝할 사이에 고래상어의 얼굴이 멀어졌다.
몸통의 거대한 반점들이 줄줄이 지나가고,
등지느러미가 무시무시한 칼처럼 소년들에게 다가왔다.
소년들은 걸음아 날 살려라 하며 옆으로 비켜주었다.
이내 꼬리가 다가왔다.
거기 한 방 맞으면 해안까지 택배로 배달될 것 같았다.
타이손과 재인은 후다닥 더 옆으로 비켜났다.
어마어마한 꼬리지느러미가 스칠 듯 지나갔다.
상어들은 순식간에
저 멀리 헤아릴 수 없는 어둠 속으로 사라졌다.

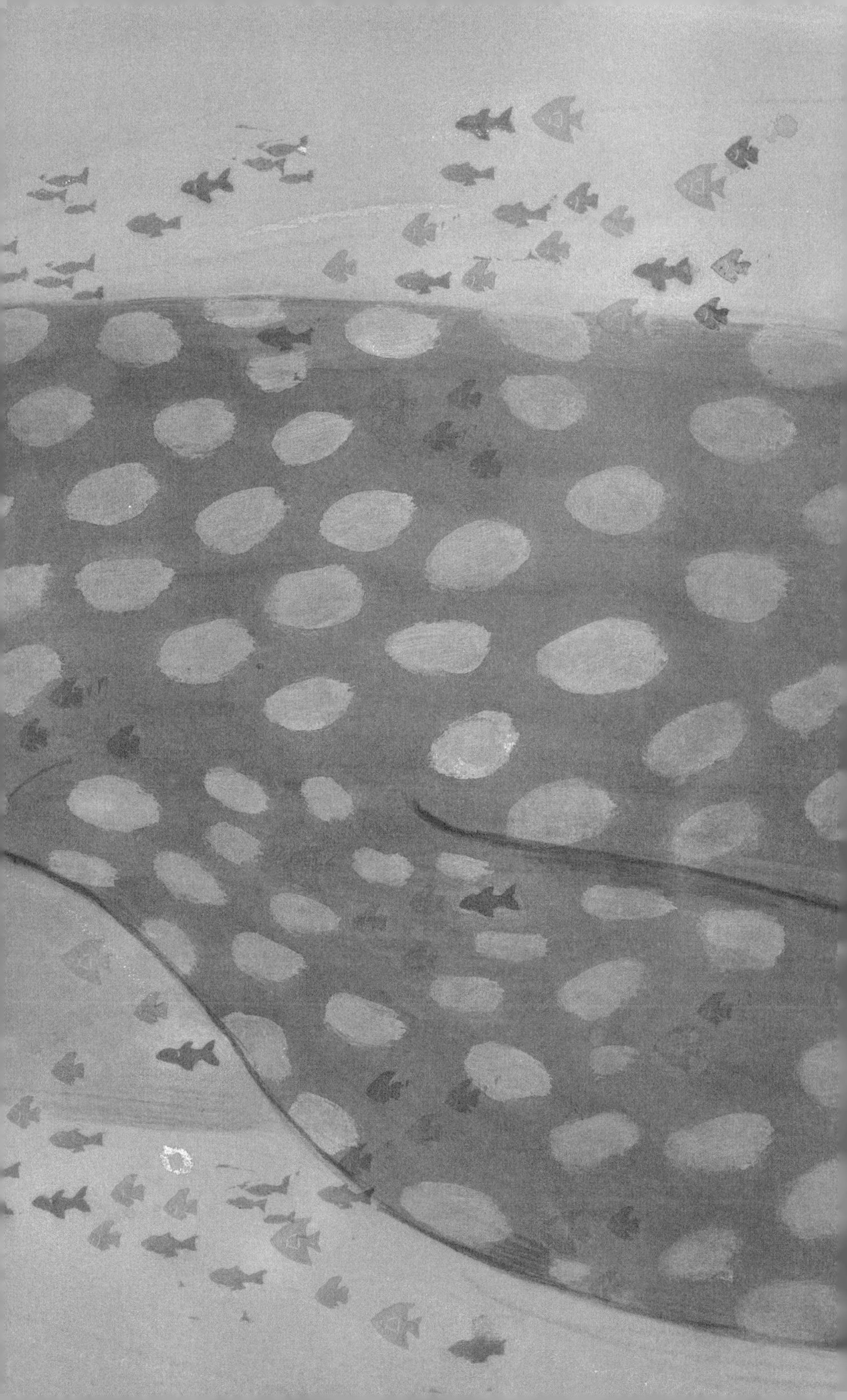

타이손과 재인은

서둘러 수면 밖으로 올라와 밀린 숨을 쉬었다.

가슴이 벌렁거리다 못해 까뒤집혀버린 것 같았다.

헉, 헉, 헉!

소년들은 헐떡이면서 뒤집힌 가슴을 어루만졌다.

바다는 아까처럼 고요했다.

바람도 파도도 잔잔했고,

보트도 사람도 없었다.

그러나 분명, 아까와 똑같지 않았다.

무언가 달라졌다.

소년들은 그 이유를 알고 있었다.

구명조끼도 입지 않고 바다 한가운데로 뛰어들었으니,

이제 그것은 둘만의 비밀이었다.

왕의 행차를 닮은 비밀.

⋮

떠나는 날 아침이었다.

타이손이 방갈로 앞으로 왔다.

재인이 트럼프 카드와 미니 바둑을 타이손에게 건넸다.

"다음에 올 때까지 네가 보관해줘."

"고마워."

타이손이 고개를 끄덕하며 말했다.
그리고 몸을 숙여 발목에서 발찌를 빼냈다.
재인이 물었다.

"이게 뭐야?"

"모기 퇴치 발찌야.
모기가 싫어하는 식물을 엮어 만들었어.
네가 가져.
모기떼에게 습격당할 때 쓸모 있을 거야."

"하지만 한국엔 맹그로브 숲이 없는걸."

"그래도 모기는 있을 거 아냐?"

"하하, 맞아.

여름에 잉잉대는 모기 때문에
잠을 설칠 때가 많아."

재인은 몸을 숙여 발목에 발찌를 끼웠다.
든든했다.
어쩐지 모기보다 더한 괴물도 막아줄 것 같았다.
재인의 엄마 아빠가 타이손에게 작별 인사를 건넸다.
방갈로 뒤편으로 지프니가 도착했다.
낡은 엔진 소리가 고요한 마을에 쩌렁쩌렁 울려 퍼졌다.
닭들이 혼비백산 도망가고 개들이 크게 짖었다.
지프니 운전기사가
재인의 아빠로부터 가방을 받아 지붕에 싣고
다른 짐들과 함께 밧줄로 묶었다.
마지막으로, 재인이 다짐하듯 물었다.

"다시 올 거라는 거, 이젠 믿지?"

"그럼. 고래상어를 걸고 약속했으니,
지키지 않는다면 남아나지 않을걸?"

둘이 동시에 와하, 웃음을 터뜨렸다.
누가 먼저랄 것도 없이
철썩 소리가 나도록 하이파이브를 했다.

지프니는 이미 승객들로 가득 차 있었다.
도시로 향하는 마을 사람들이었다.
재인네 가족이 올라타자,
지프니가 요란한 소리를 내며 출발했다.
재인은 타이손이 보이지 않을 때까지
손을 흔들고 또 흔들었다.
타이손도 재인이 보이지 않을 때까지
손을 흔들고 또 흔들었다.
뜨거운 손이 재인의 가슴을 마구 주무르는 것 같았다.
눈물이 나려 했지만, 울지는 않았다.
반드시 다시 만날 거니까.

재인의 엄마가 아쉬운 목소리로 말했다.

"참 조용하고 사랑스런 마을이야.
비록 고래상어는 보지 못했지만,

엄마 아빠는 푹 쉴 수 있어서 정말 좋았어.
너도 좋은 친구를 사귀어서 좋지 않았니?"

재인은 할 말이 너무 많았다.
무슨 말부터 해야 할지를 알 수 없을 만큼.
그래서 일단 엄마를 꽉 끌어안았다.

작가의 말

*

이런 인터뷰를 한 적이 있다.

"왜 세계여행을 떠났나?"

"행복한 사람은 떠나지 않는다. 그냥 산다. 나는 행복하지 않았다. 행복은 무엇일까. 특정 조건 속에 있는 것일까. 아니면 조건과 무관하게 매일 물을 주고 키워내는 것일까. 그런 질문에 대한 답을 찾아다녔다."

"찾았나?"

"찾았다. 행복의 정의는 문화마다 달랐다. 대한민국은 속도, 경쟁, 성취에 목을 매는 피로사회다. 그래서 우리의 행복은 다음 세 가지로 정의할 수 있다. 우선, 자족이다. 세계를 여행하면서 본 행복은 작았다. 행복은 잘게 썰어야 한다. 우리는 자족하는 법을 배우지 못하고 더 큰 것, 1등, 백점을 추구하도록 교육받았다. 두 번째, 행복은 멈추고 음미하는 것이다. 미래를 위해 현재를 희생하지 말아야 한다. 만족지연하지 말란 뜻이다. 세 번째, 다가오지 않는 것을 미리 걱정하지 않는 것이다. 행복지수가 높은 나라를 보면 모두 어떤 일이 닥치면 생각한다. 우리는 태어나는 아이를 두고 대학 걱정을 한다. 그 막대한 근심과 불안이라니."

*

행복한 삶을 꿈꾼다.

누구라도.

젊은 나는 행복이 황금처럼 어딘가 숨겨져 있는 것인 줄 알았다.

그래서 행복을 찾아 나섰다. 하지만,

행복할 만한 여건에서 행복한 사람들에겐

어떻게 행복을 찾아냈냐고 묻지 않았다.

불행할 만한 여건 속에서 행복하다고 말하는 사람들에게만

어떻게 행복을 찾아냈냐고 물었다.

그렇게 알아낸 것들을 한국사회에 적용한 것이

말하자면 앞 인터뷰에서 밝힌 것들이었다.

이 동화들을 쓸 때에도
딱 그때 알아낸 행복의 비결을 압축해서 썼다.
어떤 여건 속에서든 행복해지는 법에 대하여.
누구라도 행복해질 수 있으며
행복할 권리가 있다는 것에 대하여.

*

그로부터 약 십 년이 지났다.
개정판을 준비하며 원고를 다시 읽었다.
십 년 세월이 나를 더 성숙시켰기 때문일까.
아니면 올해, 코로나에 잠식당했기 때문일까.
새로운 사실을 발견하게 되었다.

이 책의 주인공들이 말하는 것은
행복 이전의 것이었다.
행복보다 강한 것.
보다 근본적인 것.

역설적이게도,
지구상에서 가장 행복할 권리가 있는,
그런데 가장 불행한 상황에 놓인 '아이들'이
투명하게 그 사실을 알려주었다.

"Hey, 대한민국에서 온 당신!
당신이 행복에 대해서 어떤 썰을 풀든,
당신네 문화 핑계를 대며
몇 가지씩 열거하든 말든,
중요한 건 행복이 아니야.
그 앞에 놓인 것이야.
행복보다 더 쉽게 주어지는데
모두가 게으르게 매일 놓치는 그것.
놓치고 나서 행복하네 마네 불평해대는 그것.

아침에 해가 뜨면
새롭게 일어서는 것 말이야!
무거운 엉덩이를 들고
등에 돌덩어리가 매달렸거나 말았거나.

Hey, 글쟁이!
네가 찾아 나선 빨간 구두 같은 건 없어.
딴 데 보지 말고 네 앞에 놓인 것을 봐.
그건 아직 텅 빈 '오늘'이야.
네가 채워주길 기다리는 오늘.
그냥 입 다물고 일어나 오늘과 춤추라고.
빨간 구두는 잊고 맨발로라도!"

아이들이 말하는 것은 행복이 아니라,
삶이었다.

"너 오늘도 살아 있잖아.
뭐가 불만이야?
살아 있는 한,
행복도 불행도 다 너 하기 나름이잖아.
일단 일어나는 것부터 해보지?"

그러하니, 일어설 일이다.
일어서기 겁나더라도
용기 내볼 일이다.

또, 살아갈, 용기를.

*

다시 인터뷰로 돌아가보자.

"지금은 행복한가?"

"행복하다. 다만 나의 행복은 누구에게나 내놓고 자랑할 만한 그런 영롱한 것은 아니다. 매일 가꾸는, 조금 탁한 빛을 내는 행복이다."

다시 보니, 이 인터뷰에서 가장 중요한 한 단어는
행복이 아니라 이것이었다.

'가꾸는.'

그것이 아이들이 말하는
매일 일어서는 것이겠지.
살아갈 용기를 내어
오늘도 가꾸는.

*

코로나 이후 정신과가 미어터진다고 한다.
우리는 더 불행해졌을까?

그래서 살아갈 용기가 더 많이 필요해졌을까?
만약 당신이 그렇다고 느낀다면
꼭 이 이야기 속 아이들을 만나보길 바란다.
그 분야의 진정한 전문가들이니.

이 아이들을 만날 때마다 나는 주사 한 방 크게 맞고
살아갈 용기를 얻는다.

당신도 그러하기를.

살아갈 용기에 대하여

초판 발행 2021년 2월 10일

지은이 오소희
그린이 김효은
펴낸이 김정순
편집 허영수
마케팅 양혜림 이지혜

펴낸곳 (주)북하우스 퍼블리셔스
출판등록 1997년 9월 23일 제406-2003-055호
주소 04043 서울시 마포구 양화로 12길 16-9(서교동 북앤빌딩)

전자우편 editor@bookhouse.co.kr
홈페이지 www.bookhouse.co.kr
전화번호 02-3144-3123
팩스 02-3144-3121

ISBN 979-11-6405-083-3 03810